陈应革
著

往事微痕

一个法治媒体老兵的
闲墨絮语

中国法治出版社
CHINA LEGAL PUBLISHING HOUSE

代 序

才气 勇气 正气
——陈应革印象

文 / 万学忠

十多年前，法制日报社有两位陈姓社级领导，总编辑陈应革被称为大老陈，另一位被称为二老陈。"陈应革"还有一个别名"139"——他手机号的前三位，是经常向他请示工作的夜班同志叫响的。

陈应革年逾七旬，微信名自称"陈老大"，个性签名"二介人"：一介书生，一介草民。

在法制日报社员工心目中，总编辑陈应革可不是什么一介草民。想当年，他是首都新闻圈里大名鼎鼎的活跃人物，是法制日报社的元老。

1980年，《法制日报》[①]前身《中国法制报》创办当年，这位北大中文系毕业的高才生风尘仆仆从山西日报社进京，加盟改革开放后中国开天辟地创办的第一家中央级法制新闻媒体，凭着真才实学和丰富的采编经验、厚实的采编能力迅速脱颖而出，从一名普通编辑一步步成长为中央政法委机关报的掌舵人。

才气过人　聪明秀出

说起陈应革，他的故事至今仍被报社老同事口口相传。当年高考，他是

[①] 注：2020年更名为《法治日报》，本书中报纸称谓根据上下文的时间语境。

忍着高烧坚持考完的,据说高烧不退,头重脚轻,但他仍咬牙坚持考完,最终如愿以偿收到北大中文系录取通知书。

毕业后他被分配到山西一个偏远小县,担任县委宣传部通讯组组长。从最基层起步,开始涉足新闻工作。扎实的文字功底和锐意进取的精神让他如鱼得水,大显身手。在基层,他不畏艰辛,跋山涉水,深入三晋山庄窝铺,采写富有时代气息和泥土芳香的新闻,与此同时不断发表高质量的诗歌、散文、剧本等作品。凭着真才实学,他很快被山西日报社看中,一跃成为省报记者,正式踏上了新闻工作从业之路。

不甘平庸　有勇有谋

《中国法制报》创办之初,求贤若渴。作为有北大中文系背景又在底蕴深厚的《山西日报》历练过的职业新闻人,陈应革是被作为人才引进的。进京之后,陈应革看到版面上那些判决书式的干干巴巴的不合新闻写作规范、缺少文采的报道,寝食难安,经常提出改革建议,力促整体采编质量提高。

他志在革新并身体力行。当年,任职常务副总编的陈应革利用自己带夜班的机会,指导采编人员,大胆把版面风格给改了。他明确提出按照新闻性、可读性、可视性标准,加大信息量,一版稿件不能低于十五条;重视图片新闻;标题字号加大;不拘一格选头条……新版面亮相,大家都说不认识这张报纸了!一个月后下了夜班,他才向总编辑和编委会汇报,并呈上了七条改革理由和建议,受到首肯。

及至接任总编辑并全面主持报社日常各项工作,他努力进取的胆气就更足了。20世纪90年代中期,报纸订阅量下滑、报社收入连年递减。如何改变这一趋势,闯出一片新天地?经过对市场和报业整体状况的调查和深思熟虑,陈应革顶着压力,力排众议,决定大幅提高报纸定价。提价后报纸发行量未受明显影响,当年和日后几年报社经营收入大增,令其他中央级媒体羡慕不已。雄厚的财力为报社日后的改革发展奠定了坚实的经济基础。

一身正气　敢于担当

作为资深媒体人和著名记者,陈应革一向十分重视发挥报纸的舆论监督职能,努力反映人民呼声,维护法律尊严。20世纪90年代初,甘肃省武威市发生了一起冤案，后来杀人真凶被发现。有关材料摆到了陈应革案头。

他敏锐地意识到：此案非同一般，关乎人民生命、法律的统一和尊严，也关乎司法机关的尊严。"以事实为根据，以法律为准绳"的法律原则不能成为一句空洞的口号呀！此案必须公开报道，警示后人。这是作为中央政法委机关报的《法制日报》发挥维护法律尊严和公平正义作用的时刻！

但他的主张遇到了很大阻力，有的领导担心公开报道会给政法机关抹黑，有的担心会遇到其他不测……陈应革决定将情况向时任中央政法委主要领导汇报，得到了支持。他立即派出两名得力记者前往武威采访。随后，《法制日报》一版面用大半个版对此冤案公开报道，并配发了评论。在那个没有互联网的时代，这篇报道发出后迅速被五十余家媒体转载，《法制日报》一时也声名大噪。这次报道活动至今成为一个常被引用和讲解的范例。

言传身教　甘为人梯

陈应革不是学法律的，到《中国法制报》工作后，他便恶补法律知识，很快对法制报道有了诸多感悟。他在给通讯员讲课的时候，既讲新闻理论，也讲法律知识，俨然是一位法律行家。陈应革是《法制日报》首任经济部主任。任职期间，发表过不少经济法律新闻。

每每讲起法制新闻的写作技巧，他都是不厌其烦，娓娓道来。他讲话总是声情并茂，文采飞扬，妙趣横生。加之嗓音浑厚，口齿清晰，极富感染力。

在一次编扩会上谈到"剪裁"，他说："不注意剪裁，详略不分，一味掺水，颇有克雷洛夫寓言中杰米扬的鱼汤味道，读者能喜欢吗？"他进一步打比方说："我们手中本来有上乘的布料，只因为剪裁不好就没生产出高档服装，岂不可惜！"他常用这些实例，指导编采人员提高稿件质量。

身体力行　笔耕不辍

陈应革经常告诫大家：新闻官不能当甩手掌柜，一定要坚持自己动笔，写范文。做记者时的高产自不待言，走上领导岗位后不管多忙，陈应革从没有停止过写作。某年两会报道期间，有的上会记者只写了五六篇，他坐在办公室边指挥边写评论，开了个"总编辑手记"专栏，写了八篇，有的还被中央人民广播电台摘播了。

他的新闻学术论文《论法制新闻》和多篇新闻稿件获得中国新闻奖。当总编辑的时候，全面主持报社工作，那该多忙啊！但只要有一点儿空，陈应革就摊开纸笔。经常是刚写两段儿就被打断了，得空了再接着写。二十三万字的散文集《踏雪》就是这样积累起来的。

他刻苦钻研新闻理论，出版了二十二万字的新闻专著《走进法制新闻》。

退休后，终于有了大块儿时间，鸿篇巨制的六十万字长篇小说《天命》几乎行云流水般挥洒自如，一气呵成。

慧眼识人　大胆用人

报社同事都知道，陈应革爱"才"。他说，有才方是可用之人。一位编辑与他办公室在同一楼层，平时交往不多，几乎没有接触。他发现这位编辑颇具新闻灵气，会找"新闻眼"，写出不少有特色的好稿，便大胆使用，力荐将其提拔成部门副主任。有一位记者获得了中国新闻奖一等奖，陈应革在全社员工大会上获知此消息后当场拍板：破格聘为主任记者，安排出国考察一次。他的话音刚落，会场响起热烈掌声。这情景，报社老人记忆犹新。

陈应革一方面爱才，另一方面对工作要求很严，谈业务不留情面。有一次他审大样，发现有不少错误。编辑解释"原稿就这样"。陈应革一下子火了："那还要你编辑干什么！你的理由能成立吗？"

还有一次，在两会报道总结会上，他直言不讳，严肃批评："这次两会报道有些散，像火枪，枪虽然响了，声音也挺大，但打出去是一把沙子，形不成合力，打得不疼不痒。要认真总结，切实改进！"

陈应革性格鲜明，心直口快，难免得罪人，有的同事在背后议论"陈应革太霸气"。对此，他在报社一次会议上曾坦露过心声："有时候我批评人的话可能重一些，但只要我们肝胆相照，为事业，为办好报纸，心就能印在一起，话就能谈到一块儿。"

在职的时候，陈应革不止一次表达过对人生的看法。他认为，一生几十年，应对得起社会，对得起自己。人要活得洒脱，不要过于计较个人得失。在位好好干，退休好好歇。他曾风趣地说，退休后去卖馄饨，就是图个清闲自在。

2001年，退休前一年，陈应革曾发表一篇散文《静思》，表达了自己的心声:"回想起来,几十年间,无论在什么岗位上,只要尽心竭力、认真负责,就是问心无愧的。"他在另一篇题为《遥想欧阳修》的散文中写道:"今古之人,尽管时空跨越无以数计,但你诸事与人的心绪又何其相似乃尔。一切顺应时世,就其自然,求得心理的平和,实在是人生的一大要事。"

一位报社老人对我这样说:"陈应革总编对《法制日报》的影响力是不可替代的。他和大家一起把一张小报变成了一份大报,带出了一支采编队伍,由他主导形成了《法制日报》日后的特色和报格。"

年逾七旬的陈应革总编辑在接受我这个"老下属"采访时,依然思维敏捷,侃侃而谈,神采飞扬。在那间阳光明媚的茶室里,老少两代法制日报人回顾《法制日报》的历史、法制新闻的历史、改革开放后国家法治的进程。从中央领导,中政委、司法部领导对《法制日报》的亲切关怀,到庄重社长以及之后报社历届主要领导的艰苦创业,辛勤耕耘。国二招、陶然亭、青塔、花家地……留下了一段段美好的创业时光。

说到当下,陈应革总编辑兴奋异常:"当下,党中央领导推进全面依法治国,国家迎来了民主法治建设的最好时期。我们《法制日报》正逢其时,重任在肩,大有可为,大有作为!"

"我认为传统媒体不会消亡!关键看你怎么干!"陈应革说话总是斩钉截铁,总是习惯性地挥出砍向天空的手势,还是那浑圆的男中音。

目录 Contents

写在前面 001

Part 1 新闻写作絮语

把坚定的政治方向置于办报首位 005

往事悠悠　我心殷殷
　　——写在《法制日报》创刊三十五周年之际 010

闪光的足迹
　　——纪念《法制日报》经济部成立三十周年 016

功不可没　浓墨重彩
　　——为两位退休编辑而作 019

管窥蠡测说办刊 022

多一点严细　少一些粗糙 026

求新求快求效
　　——与《中华英才》编辑的谈话 028

勿忘重任　潜心耕耘 030

"发稿秘诀"与"投报所需"
　　——在《法制日报》通讯员新闻研修班上的讲话 033

抓住热点　办出特色
　　——致法制日报社编委郭宏鹏的一封信 040

陶然亭往事
　　——我与"半个法律人"曹进堂的故事 ………………………… 042

Part 2 世态随感

唯实最值钱 ………………………… 057
争做打假斗士 ………………………… 059
何须大打出手 ………………………… 061
亲兄弟不可不勤算账 ………………………… 064
不要"开会迷" ………………………… 067
应酬多与血脂高 ………………………… 069
拿什么唱歌 ………………………… 071
话说提高素质 ………………………… 074
新任省长的"三盆水" ………………………… 077
最后一个"撤离者" ………………………… 079
变味儿 ………………………… 081
有感于乌鸦喝啤酒 ………………………… 083
两个妈妈 ………………………… 085
警察来了 ………………………… 087
眼圈儿红了 ………………………… 089
小金库之大小 ………………………… 091
黄河之滨的儿女们
　　——吉县纪事 ………………………… 092

商海弄潮显风流 095

谱写梁山经济新篇章 097

Part 3 大地足迹

亲切的接见，难忘的采访
　　——回忆李鹏接见和接受采访的时刻 101

坚定的领导者　谆谆的引路人
　　——忆在肖扬同志领导下工作的日子 105

法治新闻的拓荒者
　　——深切缅怀庄重社长 111

善良与真实中的伟大
　　——缅怀诗人臧克家 114

好人做好事　自有好作品 119

说与写的思辨
　　——铁路警察王勇平印象 122

沉下去与浮上来的时日
　　——一位法制新闻记者的心路历程 126

迎着阳光前行
　　——记老兵吕文福的多彩人生 131

孜孜不倦的歌者
　　——记"神交者"曹进堂 135

心境澄明　诗章泉涌
　　——记诗人万学忠 141

Part 4 遛弯儿吟

不叹光阴往前数	147
陶然亭	148
天坛行	149
天坛雨	150
冬日北海	151
前门大街	152
中轴线	153
曹霑故居	154
春惜	155
秋夕	156
三里河	157
古墙行	158
名亭园	159
老胡同	160
西堤	161
登景山	162
龙潭公园	163
龙潭中湖	164
龙潭西湖	165
莲石湖	166
青龙湖	167
雨后	168

大观园	169
首钢园	170
植物园	171
颐和园	172
颐和园夕照	173
玉渊樱花雨	174
秋色赋	175
风又起	176
岸边行	177
回晋阳	178
秋水	179
紫竹院	180
通惠河	181
园博园	182
巴沟山水园	183
翠湖曲	184
庆丰公园	185

Part 5 短篇小说

乔迁之后	189
列车就要到达终点	192

写在前面

整理废物，发现了一些载有旧作的报刊剪报，此外也有少量未曾发表过的文稿，其中大部分内容距今已时过境迁，本欲碎之于纸篓，后又觉得这些文字毕竟记录了我写作时的思绪与见解，还有花费的心血，所以不忍丢弃。

往事如歌。今天，当我重新阅读这些旧文，字里行间，不禁心潮起伏，往日时光历历在目。

尤其前几年，曾为《法制日报》的创办和日后的发展呕心沥血、作出重大贡献的庄重老社长；虽身居高位却对《法制日报》高度重视、关怀备至，时时叮嘱我们一定要牢牢把握正确的政治方向和准确宣传司法原则的肖扬院长；充分信任和运用、热情支持报社工作的李鹏委员长等几位老领导先后离世，令我悲痛不已，为他们逝世所撰写的纪念文章，表达了我发自内心的深切缅怀和崇敬。

非常想念那些多年与我并肩战斗的编采人员，他们在各自的岗位上奋发有为、勇于进取，为《法制日报》增了光、添了彩。此刻，他们的一个个身影重新又浮现眼前、萦绕脑海，令我难忘！回想当初受他们之邀为他们的大作出版撰写序言或评述的情景，依然感奋不已！这些序言和评述，是我对他们真诚的祝福与赞美，更是彼此之间信任与情谊的体现！

集子中收录的那些杂谈随笔、新闻写作絮语，乃是我当时的一些个人看法和想法，或许实不足取，但也终不忍弃之，还是收入集中，或许可以成为给自己心灵送上的一点慰藉。

我多年坚持每日散步。为放松心情、排解寂寞，每天散步之时，便用手机随拍几幅照片，配上几句顺口溜，信手拈来，自娱自乐，且开设一个《遛弯儿吟》小专栏，发表在每天的微信朋友圈里，此番也选择一些入集。此外，将四十年前写的两个短篇小说也一并收入，留个念想，凑个热闹。

自知我的这些肤浅文字微不足道，于是"灵感"来了，索性就给集子取名为《往事微痕》吧！

在此集子出版之际，我要真诚感谢法治网总裁万学忠先生。我与万总之间友谊深厚，既是多年的同事，又是亲密无间的忘年之交，正是在他的热情鼓励与坚定支持下，我才决心出版这个集子。

在这里，我还要特别感谢法治网编辑部的余飞、刘贝贝、张小军、刘一鸣、崔铮等几位领导和编辑们的鼎力支持与无私帮助！在此谨向他们表示深深的谢意！

陈应革

2022年4月于北京

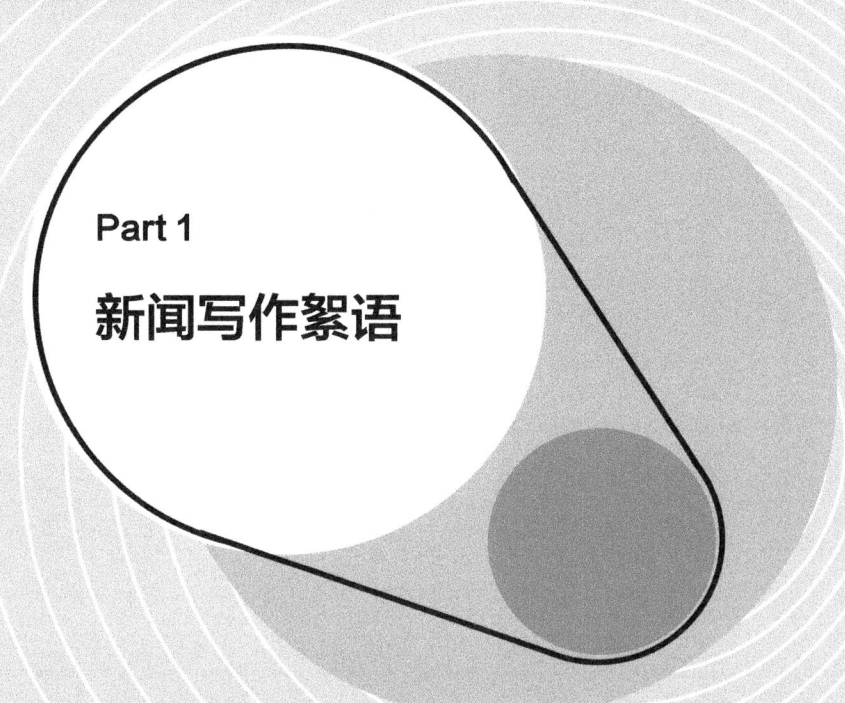

Part 1

新闻写作絮语

把坚定的政治方向置于办报首位

江泽民总书记最近就讲政治问题发表了一系列重要论述,其中有两次关于新闻宣传工作的重要讲话,其主要精神,也是强调要"政治家办报",即新闻工作者必须讲政治。一次是在接见解放军报社师以上干部时的讲话;另一次是在视察人民日报社时的讲话。这两次讲话,对全国的新闻宣传工作具有长远的指导意义。我认为,"三讲"期间,作为新闻工作者,特别是作为新闻单位的领导干部,重新学习、认真领会两次讲话精神是非常必要的。

什么是讲政治?讲政治包含哪些具体方面?江泽民总书记在1996年3月3日《关于讲政治》一文中明确指出:"我们讲的政治,是马克思主义的政治,是建设有中国特色社会主义的政治。"他指出:"政治包括政治方向、政治立场、政治观点、政治纪律、政治鉴别力、政治敏锐性。"江泽民总书记在接见解放军报社师以上干部时指出:"报社的同志,必须讲政治,必须具有良好的政治素质,具有很强的政治鉴别力和政治敏锐性,必须树立高度的政治责任感。每个同志都要自觉地在思想上、政治上与党中央保持一致,在任何复杂多变的形势面前,都要保持清醒的头脑。这是坚持正确的办报方向,始终保持正确的舆论导向关键所在。"[1]

江泽民总书记的这些指示至关重要!我体会讲政治,就是要把坚定的政治方向放在办报工作的首位,正确地宣传党的方针政策,把握正确的舆论导向。

---

[1] 江泽民:《在接见解放军报社师以上干部时的讲话》,载《人民论坛》1996年第2期。

讲政治，是我们党对新闻工作的党性要求，而政治性，是我国新闻的重要属性，这是由我国新闻事业的性质决定的。

我们党历来十分重视新闻，我们的新闻工作者历来都坚决无条件地接受党的领导，我国的新闻事业是党的新闻事业。为此，新闻工作要把党性原则放在第一位，这一点不可置疑，不容动摇！

江泽民总书记指出，"党的新闻事业与党休戚与共，是党的生命的一部分。可以说，舆论工作就是思想政治工作，是党和国家的前途和命运所系的工作"。这就非常明确地表明，新闻工作必须坚持党性原则，不管在什么时候、什么情况下，都要以邓小平理论为指导，在思想上政治上行动上同党中央保持高度一致，坚持正确的舆论导向。只有这样，我们才能更好地为人民服务、为社会主义建设服务，才能正确地宣传党的基本理论、基本路线和基本方针，才能正确地宣传党的各项政策、决策，正确地处理各种复杂问题、突发矛盾，真正做到"以科学的理论武装人，以正确的舆论引导人，以高尚的精神塑造人，以优秀的作品鼓舞人"，为改革开放，经济发展、社会稳定的大局不断作出新的贡献。

办报首先要讲政治。讲政治，不能停留在口头上，而要坚持正确的舆论导向，它是报纸讲政治的具体实践。

江泽民总书记在视察人民日报社时说，舆论导向正确，是党和人民之福；舆论导向错误，是党和人民之祸。这段话对坚持正确舆论导向的重要性进行了高度概括和深刻阐述，把对舆论导向重要性的认识提到了一个新的高度。我们要深深体会坚持正确的舆论导向对维护党和人民的利益、对做好新闻工作的极端重要性。

坚持正确舆论导向，首先要明确正确舆论的检验标准。这就是江泽民总书记提出的"五个有利于"的标准，即"有利于进一步改革开放，建立社会主义市场经济体制，发展社会生产力的舆论；有利于加强社会主义精神文明和民主法制建设的舆论；有利于鼓舞和激励人们为国家富强、人民幸福和社会进步而艰苦创业、开拓创新的舆论；有利于人们分清是非，坚持真善美，抵制假丑恶的舆论；有利于国家统一、民族团结、人民心情舒畅、社会稳定的舆论"。

坚持正确的舆论导向，必须全面、正确地理解和把握导向问题。在牢牢把握正确的政治导向的同时，还要把握好新闻宣传的思想导向、价值导向、行为导向、生活导向、服务导向、审美导向等。不仅要在新闻报道中把握好导向，而且要在版面语言、专版、广告宣传中把握好导向。

坚持正确的舆论导向，还必须善于总结经验教训，在一些比较容易出问题的报道方面严格把关。在实际工作中，我们要积极扶持、发展正确健康的舆论，认真转化、处置不负责任的舆论，坚决消除、制止消极有害的舆论，绝不允许违背建设有中国特色社会主义理论、违背党的基本路线的舆论占领我们的舆论阵地，保证"正确的舆论引导人"的方针得以贯彻落实。

坚持正确的舆论导向，用正确的舆论引导人，是党报的神圣使命。这种使命感越强烈，新闻宣传改革的自觉性也就越高。因为，用"正确的舆论引导人"要求所发舆论必须是正确的，而且要求这样的舆论能够引导人。正确的舆论如果不能发挥引导人的作用，也是无用的。一个有强烈使命感的办报人，绝不应仅满足于所发舆论是正确的，而且要努力用这样正确的舆论引导人，以圆满地完成党和人民赋予党报的使命。有了这样强烈的使命感，就会积极创新、奋力开拓，使报纸的宣传适应新形势的要求、适应人民群众的需要。

党报是党的喉舌，必须及时、准确地传达党的声音，号召和引导党员和广大人民群众为实现党的奋斗目标而努力。《法制日报》是党在政法战线上的喉舌，是社会治安综合治理方面的喉舌，是全面普法工作的喉舌，是维护社会稳定长治久安的喉舌，是推进依法治国、建设社会主义法治国家的喉舌。我想，这样说是不过分的，因为我们实际上是担负着这样的使命、发挥着这样的作用的。

在实际工作中，如何使《法制日报》在"坚持正确的舆论导向"上不产生偏差，进一步发挥它的舆论力量，至关重要的一点，就是要牢牢树立大局观念，严格把握发稿尺度。

新闻舆论工作服从、服务于全党全国工作的大局，这是我国新闻讲政治的必然要求。为此，我们要善于在大局下思考、在大局下策划、在大局下行动，做一切工作都要从维护大局利益、维护安定团结的政治局面的总体需要出发，像江泽民总书记讲的那样，"正确处理改革、发展、稳定的关系，登什么，不登什么，怎么登，都要从全局出发，从党和人民的整体利益出发"。我们要正确处理大局利益和自身利益的关系、社会效益和经济效益的关系、宣传纪律和报道效应的关系，防止出现片面追求轰动效应，违反新闻纪律，损害大局利益的情况出现。也就是说，"政治家办报"的思想落到实处都是非常具体的，更多的是在把握发稿尺度上怎样做到导向正确，换句话说，怎样处理某些稿件。

因此，我们的新闻不是有闻必发、有闻必录，在很多情况下不能抢新闻，不是想登什么就登什么。我们判别新闻的标准，首先是政治标准，要对党、对人民、对社会负重要责任。

在我们业内人士中，也存在一种错误的倾向。有人把报纸的政治性与新闻性割裂开了，结果是办报人不思进取、不求革新，把报纸版面搞得面目可憎，而实际上，它们是有机地统一在一起的。我们绝不能脱离报纸的新闻性而孤立地谈政治性。党报要宣传党的路线、方针、政策，但如果认为把党的文件、把领导人的重要讲话原封不动地登在报纸上就可以体现政治家办报的思想，那就错了。我们必须清楚，新闻宣传不同于文艺宣传，也不同于理论宣传，就在于它必须以新闻为载体，用事实说话。假如我们简单地把党报看成或等同于文件，等同于领导讲话，报纸上鲜活的新闻就少了，为广大读者关注的新闻就少了，而党报作为报纸的特性也就越来越弱了。党报的读者就可能不是越来越多，而是越来越少。一张没有读者或读者很少的报纸又何谈其政治性、权威性和指导性呢？我们强调新闻性，就是要求我们的报纸在新闻竞争中占据优势和强势地位，最大容量地向读者提供权威而准确的新闻，扩大读者面，扩大发行量，使承载着我们的政治意图的报纸无论在质上还是量上均占据绝对权威的指导地位。正如江泽民总书记指出的"在坚持正确的舆论导向的前提下，要讲求宣传艺术，提高引导水平，努力使自己的宣传报道更加贴近生活、贴近读者，使广大读者喜闻乐见"。这对进一步提高新闻宣传工作质量，以取得较好的社会效果提出了高标准要求。为此，我们既要坚定不移地把握正确的舆论导向，用政治家的头脑办报，又要坚定不移地不断地在业务上有所创新，下大力气办出各自报纸的特色。

　　对我们而言，体现讲政治，政治家办报，要解决好以下几个问题：一是在新闻报道中不盲目追求轰动效应，哗众取宠，而必须从讲政治的高度考虑问题，从导向上把住关口；二是在新闻报道中不打"擦边球"，不浑水摸鱼，而必须时刻从全局出发考虑问题，不在舆论导向和政治方向上有丝毫放松；三是在错综复杂的社会环境下，始终保持头脑清醒，敢于把关、善于把关，不为私心杂念，如怕得罪人等思想所动，顶住来自各方面的不正确思想的压力和影响。只有这样，我们才能恪尽职守，完成好各项新闻报道任务！

（1996 年 7 月）

往事悠悠　我心殷殷

——写在《法制日报》创刊三十五周年之际

岁月悠悠，光阴似箭！不知不觉，我们的《法制日报》已经走过三十五年的历程。在人类历史的长河中，这或许仅是一瞬间，然而一个人的一生能有几个三十五年？屈指数来，当年参与报纸初创工作的首批法制日报人，如今大多已离开岗位，可是，创办这张报纸过程中经历的往事，桩桩件件，却长久地铭刻在大家的脑海中，萦绕在心头上。

陶然情怀

今年早些时候，我在微信圈里发了一则带有两首欧美古典音乐名曲的微信，想与朋友们共同分享。没想到，这美妙旋律竟拨动了一位老同事的心弦。她在微信中动情地写道："这两首曲子让我回到了陶然亭时代。下班后依然赖在办公室里听音乐，和一帮朋友唱歌。那真是个美好而又单纯的时代！"

这深情的回忆牵动了我的神经，让我的心头不禁为之一热：陶然亭，这座北京南城的美丽公园，正是20世纪80年代初期，报社曾经租房办公的地方！

老一拨法制日报人都不会忘记，报社初创之时，房无一间、地无一垄，是地道的无办公室、无印刷厂、无员工宿舍的"三无"报社，可以说，不具备基本的办报条件。但是，党的十一届三中全会决定将全党工作重心转移到以经济建设为中心的轨道上来，邓小平同志发出的发展社会主义民主、健全社会主义法制的庄严号召，激励和鼓舞着大家。在时任党中央有关领导同志的倡导和亲切关怀下，报社老社长庄重同志带领大家毅然决然地迈出了创办这张报纸的坚定脚步。从此，新中国诞生了第一张以宣传社会主义民主与法制建设为主旨的中央级报纸。众手浇开法制新闻之花。当第一张散发着油墨芳香的《中国法制报》从解放军报印刷厂下机时，人人眼里都闪动着激动的泪花。她的问世，领导重视，国人瞩目，堪称新中国报刊史上的一个创举！然而成功的背后，不知浸透着年轻的法制日报人多少艰辛和汗水！

单说办公地址。最早时，老社长庄重和副社长于明等带着几个人在国务院二招内一间十几平方米的屋子里办公。后来铺排不开，便临时租用了西单路口附近的一家招待所。那里不管饭，大家中午各自到街头小饭馆找饭吃。后来人家也不租了，无奈，又重新搬回二招。维持了一段时间，又不行了，便经人介绍，租用了陶然亭公园的房子。在陶然亭公园，我们分三处办公，分别位于陶然湖东西两岸大对角，往返一次需四五十分钟，而当时报纸是在东直门的中青报印刷厂排印。无论刮风下雨、严寒酷暑，开会、送稿、校对、审样，大家奔波着、往返着，也在湖光碑影、楼台亭榭美景中浪漫着、憧憬着，更在艰苦的条件下全心投入、齐心协力，精心培育着这朵法制新闻之花。

这就是被那位定居海外的老同事动情地称为"陶然亭时代"的岁月。这或许是早期的法制日报人挥之不去的情怀！于是，我给对方回了微信："那的确是一段永远值得记忆的时光：任重却无惧，艰难却快乐，清苦却情愿，事多却心齐！"

陶然亭公园当然亦非久居之地。随着报社事业的发展，此后报社又经过了两次大迁徙。先是从陶然亭搬到了五棵松一家招待所，建起临时排版车间，但报纸仍先后在农民日报和体育报印刷厂印刷，直到1990年才搬到如今属于报社自己的办公地址。

颠沛流离，艰苦奋斗，锻炼了法制日报人。从另一个角度说，这或许也是一笔宝贵的精神财富。

腮牙之痛

如今的《法制日报》昂首立于中央和首都主要媒体之林。三十五年间，《法制日报》不仅出色地履行了党和国家赋予的法治宣传报道使命，自身的队伍也在成长壮大。抚今追昔，得深深感谢报社老一代领导们的帮助和指教。老社长庄重，还有谭冰洁、许永康、雷本复等几位德高望重的老新闻人，从一开始就对大家高标准、严要求，言传身教、一丝不苟，手把手地指导大家做好采编工作。他们经常像老师给学生批改作文一样，字斟句酌、仔细推敲，不放过任何细微之处，哪怕是一个标点符号。

庄社长常说，办报无小事，必须慎之又慎，马虎不得！记不得多少次了，他用工整的字体，对我们的稿件写出批语，指出差错和不当，还时常不厌其烦地进行讲解。

初创时期，报社如同一个蹒跚学步的幼儿，跌跤子在所难免。

一次，见报的一则广告，按其文字表述，意思是说一颗牙齿长在了腮上。大家忍俊不禁，笑得捧腹。老领导们未让大家一笑了之，而是高度重视，立刻召集大家开会，查找原因、追究责任，要求举一反三，不可再犯。

然而，差错像跳蚤，这边捉到一只，那边又跳出一只。后来又有一次，在一篇报道中，"真棒"错成"真捧"，又成一大笑话！还有严重的，曾在一块版上，将"本版编者"错成"本版骗者"。当时社外有人给我打电话说，陈总，你这个总骗子带着一群大小骗子在行骗啊！我意识到，这分明是在嘲讽我们这些不负责任的编辑，而要负首要责任的当然就是我这个时任总编辑。我无话可说，只有自责。差错也是反面教材，接受教训，可以变为财富。

在长期的采编实践中，历任社领导都把质量视为报纸的生命，在队伍建设、制度完善上下功夫，如建立评报制度、编前会制度、奖惩制度等。譬如，强调学法律的，要努力学习新闻；学新闻的，要下功夫学习法律。这样才能当好法制新闻工作者。报社还规定，新入社人员，即使是博士，也得先上夜班，从最基础的工作干起。

三十五年过去，一代一代法制日报人，扎扎实实，一步一个脚印走过来，谱写着《法制日报》的新篇章！报纸从当初的周一刊四开小报，逐步发展为周一对开大报、周三刊、日报；报名也由创刊时的《中国法制报》，更名为《法制日报》；版面由四版扩为八版，乃至十二版。加上所属诸多子报子刊，堪称一个法治报业集团！

武威之威

走过三十五年的《法制日报》，留下了报社几代人深深的足迹，产生了大量人们耳熟能详的法制新闻精品，流传着许多生动感人的佳话，首都新闻界乃至社会上的朋友们谈起，无不竖起拇指，啧啧称赞。其中最为人们称道的是，我们始终坚持以事实为根据、以法律为准绳的法治原则，并出色地宣传、报道了这一原则。

我们清楚记得，当年一个地方的行政执法机关因违法被告上法庭，引起一片哗然，一些媒体也惊呼：政府怎能当被告？对此，我们及时发表报道，明确指出，法律面前人人平等，政府机关违法同样要受到法律追究！我们的报道如一石击水，反响强烈，社会效果极佳。时任最高人民法院副院长、北京大学教授、著名行政法学家罗豪才先生亲自到报社表示感谢，并给予高度赞扬。

我们不能忘记，20世纪90年代中期，甘肃武威曾发生一起冤案。在对是否公开报道这起冤案存有不同意见的情况下，我们得到有关领导的支持，迅速派出得力记者前往采访，并于1997年10月14日予以公开报道，发表了记者采写的长篇通讯，并配发了评论，对推动这起冤假错案的平反起到了关键作用。报道发表后，全国几十家各类媒体纷纷转载，反响非凡！当时甚至有人说，《法制日报》在武威案件的报道上打出了重拳，大显神威！这就是社里人时常私下谈起、引以为豪、大长士气的"武威之威"！

受几千年来封建传统思想的影响，法治意识在当时还很缺乏，正确地宣传报道，维护宪法和法律的尊严与统一，在相当长的一段时间里，并非易事，这需要勇气，需要冲破阻力，敢于仗"法"执言。回首往事，我对我们一些编辑和记者的无畏与敬业精神深感钦佩！

令我至今记忆犹新的是那位为采写"三盲"院长一稿，不惧怕跟踪盯梢、任凭阻力重重、置个人安危于不顾的可敬记者。他的稿子后来能获得中国新闻奖一等奖，理所当然，实至名归！为了表彰他的精神，我在全社员工大会上当场提议，给他一次出国访问的机会。大家热烈鼓掌，一致同意。

在我的记忆中，社里这类闪现着光彩的动人事迹不胜枚举。正是这些优秀的法制日报人，以他们的青春和赤诚，用他们的辛勤和汗水，书写着《法制日报》的辉煌史，证明着我们的报纸不愧为中国社会主义民主法制建设和政法战线上的喉舌，必将在依法治国的伟大进程中，写下华彩乐章，永载新闻史册！

巧遇劳模

1984年，报社经济部组建不久的一个秋日，我和经济部的一名编辑一起前往北京市百货大楼采访。我们的采访被爽快地接受了。然而，见到大楼一位负责人时，他开口就说，我们商店多年来未发生重大刑事案件，治安很好，没有更多情况汇报。这如同一盆冷水泼来，我们一时心头沮丧，顿感语塞。就在我们被接待人员引领着准备起身离开时，一位老者笑呵呵地走过来，问我们是哪个单位的，来做什么。老者亲切的笑容、和蔼的态度，令我们的心情放松下来。我们向他介绍《法制日报》，并介绍了经济与法律的关系，老者连连点头称是。那位负责人似乎也如梦初醒，连忙让座倒茶，与我们攀谈起来。那位负责人问我们，你们知道这位帮了你们的人是谁吗？他是全国劳模张秉贵！这时，张老高兴地和我们聊起来，说你们报道经济里的法律事儿，意义太大了，百货大楼每年和外边签订许多供货合同，也发生过不少麻烦，希望你们好好宣传，帮我们增强法律意识。这意外的巧遇，成就了经济部最初最有价值的采访。当年9月3日的报纸刊登了我们采写的《北京市百货大楼全面实行优质服务承包合同制》一稿，受到社内外好评。经济部的另一位编辑在赴攀枝花钢铁公司采访时，也遇到了同样的情况，这位编辑用真诚打动了采访对象，成功进行了采访报道。

作为《法制日报》经济部首任主任，回顾这些往事，我不禁心潮难平，感慨万千。我要说，当初报社决定设立经济部，是一个具有远见卓识和开创性的决策！

《法制日报》经济部的前身是《中国法制报》编辑部经济法组，初期只有两三个人，后来建部时，也不过五六个人。当时，经济部并不被看好，甚至被认为是边缘部门。社会上，尤其是经济界和法律界一些人受"法，即刑也"的老法律观念影响，说《法制日报》报道经济，没必要，白费劲儿。但是，我们义无反顾地走下来了。三十五年的历程雄辩地证明，《法制日报》以经济部为主导开展的、持续不间断的经济法治新闻报道，不仅为促进社会主义市场经济健康有序发展、增进企业及政府领导者的民主法治观念、维护企业合法权益、依法管理经济作出了重要贡献，而且对报社整体的法治新闻宣传报道工作作出了不可磨灭的贡献！我们的经济报道率先在媒体中发出了"社会主义市场经济是一定意义上的法制经济"的强音，此后更是明确提出了"社会主义市场经济就是法制经济"这个论断。如今，这个理念已成为举国共识。

在加强经济法治报道工作中，我们遇到的最大困难是编采人员中熟悉经济的人少。针对这种状况，我们提出了一个口号，叫作"到经济领域里遨游"。大家热烈响应，报社还以此为专题，举行过多次研讨，在全国驻地方记者会议上，也进行过部署。许多编采人员积极行动，上矿山、下工厂、去农村，经济法治新闻报道呈现出蓬勃发展的良好局面，也由此大大拓展了报纸的覆盖面和影响力，有更多的党政官员和企业领导者把《法制日报》摆到了办公桌上。

三十五年风雨，三十五年历练，三十五年付出，《法制日报》的经济法治新闻报道，如同社会主义现代化建设进程中的一支嘹亮号角，鼓舞着、激励着我们。

祝《法制日报》乘创刊三十五周年的东风，再扬风帆，破浪前行！

（2015 年 8 月）

闪光的足迹

——纪念《法制日报》经济部成立三十周年

忠于宪法。我以为,这是新一届党和国家领导集体,为进一步实施依法治国方略发出的最强音!我们这些长期奋战在民主法制建设和法制新闻宣传一线的法制日报人,听后无不倍感亲切,深受鼓舞!在这样的历史时刻,《法制日报》经济部举行纪念设立三十周年聚会,并欢送两位资深老编辑光荣退休,无疑很有意义。

《法制日报》伴随着吹响中国改革开放的伟大号角而诞生,《法制日报》经济部的设立,堪称中国新闻史上的一个创举。在三十年不同寻常的历程中,一位又一位、一代又一代《法制日报》经济部人不畏艰苦、勇于开拓、勤奋耕耘,最先喊出了"社会主义市场经济就是法制经济",不间断地宣传报道了一大批经济法制的新闻、案例、典型、评论……从经济立法、司法、行政执法、经济法制人才培养等各个方面和角度,全景式地记录和反映了中国改革开放、社会主义民主法制尤其是经济法制建设的发展进程,有力地促进和推动了社会主义市场经济的健康发展。此时,大家深情的回顾,深刻的体会,深邃的感悟,深沉的寄语,无不为我们勾勒出三十年奋进的足迹、光辉的业绩、作出的贡献,以及对未来的美好期许;无不让人感受到《法制日报》经济部编采人员炽热的情怀。

世界各国发展史表明,法律是管理社会、管理经济的现代化手段之一。我国实行社会主义市场经济体制以来的实践也证明,缺少对法律手段的有效运用,经济建设就不能健康有序地发展;对外开放、与国际接轨、开展国际经济交流合作等事宜就无所遵循，无法顺利进行。我们欣喜地看到，今天，各级领导，各有关企业掌门人，乃至广大群众，都越来越深刻地认识到了依法办事、依法管理、依法维权的重要性，认识到了社会主义市场经济就是法制经济，在思想上、行动上都更加自觉、主动。比如，以往，我们的企业很少敢将外国侵权者告上法庭，常自认倒霉，吃"哑巴亏"。而今，情况不同了，我们的企业家勇敢地拿起法律武器，充满自信地与外国侵权单位唇枪舌剑、对簿公堂，坚决依法维护自己的合法权益。中国人、中国企业要立足于世界民族之林，就要有这种强烈的法律意识，这种聪明和智慧。

回首经济法制新闻工作的实践，我认为有两个基本着眼点，至今依然值得坚持。一是大力向各级领导干部宣传运用法律手段管理经济的重要性，不断增强他们依法办事的意识和自觉性。在我看来，时至今日，仍有一些人法律意识不够强，工作顺手时，把法律置之脑后；出了问题，才忙着向法律求救，但往往时过境迁，损失已定，无可挽回。此种例子不胜枚举，教训极为深刻。造成这类情况的主因是一些人，尤其是有的企业领导者至今依旧坚守着行政手段最有效、最管用的传统经济管理工作的思维，而我们的任务就是通过新闻宣传报道，帮助他们尽快摒弃这种旧观念，树立依法管理的新观念。二是由此派生出来的不习惯运用法律手段的问题。习惯的改变非一朝一夕，需要循序渐进。所以，我们有责任通过大量生动具体、引人入胜的经济法制新闻宣传，给他们以警策、给他们以提示，帮助他们逐渐养成依法办事、依法治企的良好习惯，把企业管理提高到新的水平，使企业经得起风吹浪打，在竞争中立于不败之地。

今天，我们可以骄傲地说，而立之年的《法制日报》经济部长大了。三十年历练、三十年风雨、三十年奋发、三十年付出，经济部为经济法制新闻宣传报道，为《法制日报》增光添彩，留下了闪光的足迹。如同伟大进军中一支摇旗呐喊、加油鼓劲的啦啦队，经济法制的军功章，也有我们《法制日报》经济部的一半！如同我在《牢记在胸　融融暖意》一文中所写：它必将在中国的民主法制发展史上，在《法制日报》的创办成长史上，留下浓墨重彩的一笔！这里，我要对所有曾在和仍在经济部辛勤工作的同志们说一声：你们劳苦功高，大家会牢记你们的业绩！

  三十年过去，弹指一挥间。如今，我们的国家进入了一个新的发展时期，《法制日报》也迎来了新的发展阶段。经济法制新闻宣传报道任重道远，让我们一起大声说:《法制日报》经济部加油！再加油！

（2013 年 5 月 24 日）

功不可没　浓墨重彩

——为两位退休编辑而作

三十三年前，一张以宣传社会主义民主与法制建设为主旨的报纸的问世，无疑是新中国新闻事业发展史上的一个创举，格外引人注目。

她，就是《法制日报》的前身——《中国法制报》。

她是应党的十一届三中全会确立的把全党和国家的工作重心转移到经济建设上来，邓小平发出"发展社会主义民主，健全社会主义法制"的伟大号召之运而生的；是在中国社会主义民主与法制建设进程中，为实施依法治国、建设社会主义法治国家治国基本方略的鼓与呼中建功立业、成长壮大的。

我国受几千年传统观念与思维的束缚，鲜有仁人志士将经济与法制相互联系，更无人将二者融为一体，加以阐发与倡导。但是在《法制日报》上，由经济部在其新闻宣传报道中，破天荒地最早发出了"社会主义市场经济是一定意义上的法制经济"的强音。此后，"市场经济就是法制经济"的理念成为共识，并且正被践行。

回首往事，我们可以骄傲地说，《法制日报》经济部功不可没，必将在中国的民主与法制建设史上，在《法制日报》的成长史册上，留下浓墨重彩的一笔！

由此回溯上去，三十年前《法制日报》设立经济部，并以经济部为主导进行的大量有关经济法制建设的新闻报道，不仅为促进社会主义市场经济的健康有序发展、增强企业及政府领导者的民主法制观念、维护合法权益作出了重要贡献，就法制新闻工作本身而言，也不啻为一大创举。

作为《法制日报》经济部首任主任，回首这一历程，我不禁心潮难平，感慨万千。

经济部前身是隶属于报社编辑部的经济法组，当时只有两三个人。1984年6月组建时，也不过五六个人。当时，经济部并不被看好，甚至被视为"边缘部"；社会上，尤其是经济界和企业界人士更是受"法，刑也"的老观念的束缚，对经济法制很不理解。经济部的编辑们下去采访时，常常无法与他们"对接"，或被带到安全保卫部门，或遭到拒绝。有的单位听说是《法制日报》记者来了，以为单位出了惊天大案，惊恐万状，慌忙搪塞。当他们弄清记者来意后，才笑脸相迎，听了我们的解释，连称受益匪浅，话便投机，娓娓道来……

令我牢记在心的，是经济部各位编辑的敬业与团结奋进精神，特别是伍彪视野开阔、出手成篇的灵劲，曾晓明善于攻关、开拓进取的策略，蒿梅升严谨求实、一丝不苟的作风，李进快速反应、一气呵成的效率，杜海兰巧于应对、善抓角度的本事，郑汉瑾坚定执着、打动对方的方法，胡勇拓展局面、争取高端的运作，张冠彬沉稳不惊、不卑不亢的憨厚，邳建荣勤奋刻苦、不甘人后的拼劲，蔡岩红以柔克刚、持之以恒的韧劲，李立把握全盘、着眼大局的掌控力……每个人都充分发挥了各自的优势，组成了一支浑然一体、优势互补的高素质经济部团队，为出色完成各项经济法制新闻报道任务，奠定了坚实基础。

这里，我要特别说说韩乐悟和姚芃两位。在我的印象中，姚芃对新闻颇具灵性，她思维敏锐、反应快捷，平时就注意体察和研究经济工作中的新情况、新问题，能够找到经济与法律的最佳契合点、抓住问题的症结所在，及时采写出观点新、内容实、含意深的稿子。也许是得益于来《法制日报》工作前在原报社工作多年的积淀，她总能坚持平战结合，即平日多到分管单位查访，掌握最新动向，善与相关人员交朋友、积累素材；及至用时即手到稿成，第一时间发出新闻。已故的时任报社副总编辑谭冰洁就曾称赞姚芃是一位"最会找新闻眼"的记者。

韩乐悟在我印象中是一位性格内向、话不多的人。她善于深入采访，捕捉具有代表性的事件或问题，在掌握大量第一手材料的基础上综合剪裁、去粗取精，提炼出问题，然后以严谨的逻辑思维层层剖析，写出有分量的报道。她的稿件常能给人以于无声处听惊雷之感。她也是进行深度报道的能手，加之她文字功底深厚，稿件内容翔实、思想深刻，却又引人入胜，能吸引读者一口气读完，彰显出了她稿件的魅力。

得知两位将要退休，惋惜之情油然而生。经济部从此少了两员大将，《法制日报》少了两位出色的报人！但经济部的新老成员，包括我这个退休多年、曾经的经济部老人儿，都会一直铭记她们二位在经济部长期工作的业绩，感谢她们的辛勤付出，敬佩她们的高尚品格，珍惜与她们在共同工作中结下的深厚友谊！

遵经济部现任主任万学忠之嘱，写下以上文字，以示惜别之情，留作永久纪念。此时，我这个经济部的老人儿也分明感受到了经济部这个和谐集体的融融暖意了。

衷心祝福《法制日报》经济部百尺竿头，再上新高！

衷心祝福韩乐悟、姚芃两位幸福安康，续写美好人生！

（2013 年 4 月 19 日）

管窥蠡测说办刊

当今报刊市场竞争之激烈,已令许多业内人士咋舌,大浪淘沙,优胜劣汰。

竞争是市场经济最显著的特征之一。竞争既意味着死亡,更意味着新生,而死亡与新生,主动权握在经营者自己手中。这就使许多报刊经营者不得不从沉睡中醒来,不得不在迷茫中寻觅,不得不从纷繁中选择,不得不在无奈中奋进。

全国有报纸三四千种、期刊七八千种,历经近些年的浮浮沉沉、碰碰撞撞,有一些已"休克",有一些一息尚存、惨淡经营,有一些虽暂时衣食无忧,但也经不起任何风浪。只有少数情形比较乐观,但也不可高枕无忧,也在经受着方方面面的竞争和挑战。

有朋友坦言:干报刊一二十年,以往一帆风顺,如今步履维艰。

也有熟人喟叹:过去得心应手,而今一筹莫展,难道是廉颇老矣,不能精于事了?

坦言也罢,喟叹也好,均道出一个真谛:面对今天和明天,报刊经营者该如何应对?

事物是在运动中发展、前进的,这是唯物辩证法的基本原理,是颠扑不破的真理。市场无情,竞争惨烈,但最为公平、公正,关键在于自己如何把握。

我以为,时下的《中华英才》半月刊也在经受风雨的吹打和考验!

《中华英才》是我仰慕多年且从中受益匪浅的刊物,我庆幸自己有缘与《中华英才》制作群体的同行见面交流办刊体会。或许自己有些想法实属肤浅,但仍愿意与大家交流且请各位指教。

从期刊市场目前的总体走势上观察，任何一种不靠行政手段要求推广的期刊，欲在发行量上有所发展和突破，都可以说难于上青天。有人直陈：发行量不降或少降已是阿弥陀佛。面对此种态势，我建议不必简单追求发行量，而是要千方百计提高质量，提高每期刊物的"含金量"，以此"取悦"广大读者。它应该包含两层意思：一是每期一定要有一至两篇的精彩之作，令读者爱不释手，不读不快；二是力争使稿子更加贴近实际、贴近群众，反映和体现读者的意愿。这是我说的"一个包含"。

在《中华英才》现今定位的基础上，我觉得还应在宣传报道上注意"两个结合"。第一是"上下结合"，即除重点报道省部级以上高层人物，还应注意把报道对象拓展到中下层人士，让他们也有更多被宣传报道的机会，还要适量增加对基层，如对县、市甚至乡、镇一级"英才"的报道。大家知道，全国两千多个县、市，九万多个乡、镇，这是多大的覆盖面和增长点！一个县订一本就是两三千本，不可小视。至于其中的广告效益，即使是杯水车薪，但架不住积少成多、集腋成裘，也是蔚然可观的，"勿以善小而不为"，正是此理。

以往，一些基层人士认为《中华英才》高不可攀，对其敬而远之，这使得《中华英才》既远离了这部分读者也远离了一些广告源，实在可惜。我想，如果《中华英才》宣传报道他们，一旦被他们看到，自然会受到他们的重视和欢迎，刊物的影响力就会进一步扩大，也将取得更好的社会效益和经济效益。

第二是"雅俗结合"。以往，《中华英才》的高品位、高层次是尽人皆知的，但也令不少人望而却步，特别是喜爱和从事通俗文化者往往不敢问津。但恰恰在一些所谓"俗"的领域，却有着广阔的空间。以通俗歌曲为例，其爱好者何止成千上万，而典雅华丽的美声唱法，相比之下，拥趸就少得多了。这就是现实，这就是市场，不管你承认不承认。如是观之，如果你们向"俗"的方向挪几步，无疑会使刊物的发行面、覆盖面和读者群增加几成。我这里所说的"俗"是"通俗"，不是"俗气"，更不是"低级下流"。任何文艺的雅与俗，都既是相互依存、相互辅助，又是在相互比较中存在与发展的，大雅可能走向大俗，而大俗本身就是大雅。当任何一种文化样式的热爱者成为多数时，他们就成了受众主体，成为不可忽视的群体。中央电视台的歌唱节目常常让美声唱法演员和通俗歌手配对，联袂演出，雅俗牵手，熔于一炉，就是凭证！但这在传统观念深重者的眼里简直是胡闹。以上就是我所说的"两个结合"。

同时，我以为，还应把握好"三个点"。

第一个点，每期刊物都应有宣传报道的重点。重点体现的是编辑的思想、舆论的导向，必须着力抓好，主要编采人员也必须在重点稿件上下功夫、花力气。这是一定要坚持并切实做好的，否则刊物就没了主心骨、没了灵魂。但是仅有重点的统领还不行，还必须根据刊物的创办宗旨、面对的读者，特别是刊物的社会属性，每期还要充分报道读者关心的热门话题。这是不容回避、不可置若罔闻的。因此，你们要体察社情民情，对大量或一个时期内百姓最关心、与百姓生活息息相关的热门话题加以报道。当然，选择热门话题，最重要的一点是要选择那些领导和群众都关心的热点话题，要在这个交叉点上切入，以避免片面性，才会使你们的刊物有权威性、群众性，有战斗力，贴近读者。这是我讲的第二个点。

除了以上两个点之外，我以为还应有一个"卖点"。所谓"卖点"，就是吸引读者的好内容、好文字、好照片，能成为"抢手货"，富有感染力。解决"卖点"问题，有许多方法，把握好了，对扩大发行、增加广告大有益处。既是"卖点"，就要下功夫做好。我以为每期只要有一两处突出的东西，就可达到目的。因为任何一个人买一本刊物，也很难将篇篇文字细读一遍，总是奔着或选择其中他喜欢的、感兴趣的篇章和内容。

以上是我讲的"三个点"。

还有"四个性"，是指权威性、新闻性、可读性、可视性。《中华英才》的权威性、可视性是其最大的优势和专项，我不想赘述。我只想就新闻性和可读性讲点看法。你们刊物是半月刊，不能与日报、周刊比时效，但较之月刊，时效性应强多了。特别是对在出刊前一周左右发生的重要国内外大事及社会生活、经济生活、文化生活，都应及时且较有深度和特色地加以报道。

否则半月刊的特长就难以发挥。这里尤其要注意，切不可过分强调"资料性"，而首先要强调刊物的新闻性，以新取胜，以新作为优势，而这似乎也是半月刊的生命力之所在。关于可读性，这是在当今社会环境和读者生活需求全新的情况下，办刊者不得不做出的另一种选择。现在办报刊已由传统的、一厢情愿式的宣传取向演变成双向互为选择的新取向。你的刊物出来了，我要看喜欢不喜欢、想看不想看，有无我想读的内容，以此决定我是否订阅或购买，你无法强迫我。况且报刊那么多，选择余地很大。所以，可读性在现代办刊理念中，占据重要的地位。这些道理是不言而喻的。"可读性"与"卖点"实质上是同一个问题，只是换个视角去观察而已。"可读性"与"卖点"很容易被某些人与品位不高、格调低下、庸俗迎合、诲淫诲盗等联系起来。这是一种十分错误的逻辑和无聊的引申。现实生活中，读者喜欢的、想要的"卖点"与"可读性"的内容取之不尽、用之不竭，干吗非要单去联想色情与偷盗？那种联想和强调是毫无根据的。但也的确出现过类似问题，过去有、现在有，将来还会有，但那不是主流、不是本质，况且报刊的领导权都牢牢掌握在党性强、政治可靠、思想境界高的人手中，他们不会去做违反国家政策法律规定的事，也不会去挣黑心钱、昧心钱，因此我建议，应在增强可读性上开动脑筋，集思广益，走出条新路来，这对于今后刊物取得两个效益的统一是重要的一环。

以上我所讲的一个包含、两个结合、三个点、四个性纯属下车伊始之谈，或是管窥蠡测，实不足取，只作为个人的一些粗浅见解和想法提出来，供你们参考并就教于各位。大家可一听一看一掷了之！

（2002年3月15日）

多一点严细　少一些粗糙

编辑工作是关系报刊质量的关键要素之一。且不论出现政治性差错会酿成不堪设想的后果，即使是技术性的差错，有时也会造成难以弥补的损失。编辑工作说一千道一万，关键在于严细与准确无误。这无疑要求编辑具有高度的政治责任感和严细的工作作风。

近日阅过某刊拟刊发的关于全国十一个行业年终大拜年的稿件，发现稿中仅行业名称就有三处差错。第一处，中国食品工业协会，错成"中国饮食协会"，这错不小吧？第二处，将中国证券业协会中的"业"字和"协"字丢掉，错成"中国证券会"。这已面目全非了！三处，将稿中署名"中国焙烤理事会理事长"中理事长的头衔丢了。如果这样发表出去，肯定会产生恶劣影响。

倘若这些差错为初审编辑所为，或可谅解，但实际上是由已经具有签发权的部门主要负责人，尤其是分管总编辑签发过的稿件，即已过了三审关，稿件仍存在这些错误，就让人不禁出冷汗了。明眼人都看得出来，这三个差错都是极易分辨的差错，产生的原因就是粗心，说重点，就是不负责任！这怎么可以？！这样办刊，会有高质量吗？会有好的社会影响力吗？弄不好还会惹来麻烦，会给刊社造成政治上、经济上的损失！这个道理不言自明！所以，我在此必须大声疾呼：请各位编辑严细些，再严细些！

反复查看稿件中出现的差错，纯属不读书不学习所致，如对平时常见的政治名词、术语或机构名称的提法，没有掌握，甚至陌生，在编辑过程中又没有认真核对，轻信原稿或仅凭想当然。更有甚者，把校对人员或分管总编辑改正的错误又改回去，以至于见刊，贻笑大方！

要提高刊物质量，编辑必须注意学习，必须增强责任感，而校对、检查人员也必须严格把关！多一点严细，少一点粗糙，不出或减少低级差错，大家都要为此而努力！

（2002年11月）

求新求快求效

——与《中华英才》编辑的谈话

看了你们的一些稿件，感慨颇多。每个采编人员既是刊社的工作人员，又是刊社的主人，提高刊物质量，人人有责。这应该成为一种刊社精神，一种凝聚力，一种挥之不去的情怀。

《中华英才》是半月刊，其新闻时效当然无法与日报相比，但比起月刊、季刊，它的时效优势就凸显出来了。新闻时效往往被视为报刊的生命，世界上许多报刊都为此而争分夺秒抢新闻，早一秒晚一秒，其新闻价值便有云泥之别。当然，我们的新闻与媒体是党和国家的喉舌，与西方的新闻理念有一定差别，但这并不是说就可以不讲究新闻时效。这个道理大家都是清楚的。现在的问题是，你们现在出手的稿子，许多并不具有新闻时效性。看看飞速发展的世界、无穷无尽的创造力、丰富多彩的社会生活，有多少有价值的新闻可写、可报道！但是，看了你们的一些稿子，觉得大多主题不新、内容陈旧、写法平庸，既无亮点也无卖点，更无可读性和鉴赏性，这怎么能让读者喜爱？刊物的社会影响力怎能扩大？

退一步说，有的稿子内容虽不新，但如果在写作中能与时俱进、赋予其新意，找到新的视角，就能使旧闻焕发出新的生命力，怕的是将原来的内容原原本本地重新叙述一遍，最多添加点作料或涂脂抹粉，披上一件新衣服，充当新闻。当然，我不了解你们撰写这些文章背后的意图，但从办刊宗旨和体现新闻性上讲，应该是没什么意义的。

党中央要求与时俱进，这就要求我们时刻关注最新动态、最新发展、最新成果。就新闻报道而言，就是要抢新闻发生的第一时间、第一落点，这才是新闻时效性的集中体现，也是新闻价值的体现，也才能发挥新闻工作激励广大人民群众把社会主义建设事业干得更快更好的作用。丢掉了这些，报道就毫无价值，你的劳动成果就无从说起，只会落得个仰天长叹，空悲切！

新闻出版界的竞争早已是不争的事实，且愈演愈烈，要立于不败之地、要继续生存下去，求得发展，就必须坚持正确的舆论导向，审时度势，开拓进取，寻找新的增长点，办出自己刊物的特色，以赢得社会的承认、读者的喜爱。沿袭老套路、老办刊思路，原地打转或迈八字步，不求新、不拓展，就会落后或被淘汰。因此，你们必须抓住机遇，紧扣时代脉搏，走良性循环轨道！这就要求编采人员关心党和国家大事、注重理论学习、善于发现和报道党和国家发展前进的步伐，采编出鲜活且具有时效性的稿件。我以为这才是刊物的生命力之所在！

（2003 年 3 月）

勿忘重任　潜心耕耘

编辑工作字字心血、行行汗水，来不得半点马虎，出不得一点差错。因为你必须导向正确，必须内容正确，不能漏洞百出，不能贻笑大方，不能误人子弟。这是责任感使然，也是使命感使然。

近阅十九位企业老总谈马年前瞻的稿子，觉得有些问题不能不说，权且写出，以相互切磋、共勉。

这组稿子是值班总编辑在编排目录时直接从制作中心调阅的，应该是已经三审的成品稿，但实事求是地说，还远未达到这个水准。

顾"题"思义，既然是"前瞻"，其角度、其侧重面，当然皆应在于马年的新打算、新动作上。但是综观此组稿件，多数着眼点并非如此，而是用主要篇幅总结、罗列了上年成就。这就与稿件主旨以及编辑的初衷相去甚远。比如，有的稿件在谈到新年新打算时，竟然只有寥寥数语，其中西安海星集团稿中，只有一句"抓住机遇，迎接挑战"的空话。这就使整组稿件不是"前瞻"，倒成了"回顾"。如果以回顾为主，你们组织编辑此组稿件并冠之以"前瞻"的意图又是什么？为什么题文不符？

这仅仅是一个问题。另一个问题是，即使有些稿子似乎是谈马年新打算的，但也仅停留在空泛平淡的层次上，没有特点、没有亮点、没有卖点、话题雷同。就是说共性话题多，个性话题少，给人的感觉是空洞无物，大而化之，内容几乎都是深化改革、建立现代企业制度、打造名牌、企业重组、走向国际市场这些共同语言。可想而知，如此内容大同小异的稿子，如何体现十九位不同企业老总的具有个性和特点的内容以引起读者的兴味？又如何突出你们刊物的特色？正常的情况，应是组稿者在通盘考虑、认真研究的基础上，抓住每个企业最有冲击力、最具企业个性的东西，使文章既有共性，又突出个性，各具特色。如果每个企业的马年打算都成为黑格尔所说的独具的"这一个"，使整组稿件既色彩纷呈又浑然一体；既有单兵效应又具立体感觉，那该多好！

坦诚地说，以上两点是此组稿子的硬伤。这种状态是应该在今后的编采工作中杜绝的。

还有一点也是必须在编稿中予以高度关注的，就是不能出现基本事实和常识概念性的错误。比如，这组稿件的原主标题是《旗舰与舢板千帆竞发 国企和民企万马奔腾》。从文字的形式逻辑上可以清楚地看出，制作者是把国企喻为旗舰，民企喻为舢板，而这种比喻是不恰当和有错误的。错在何处？错在把民企比喻为舢板是不符合当今我国经济的发展现状的。一个不争的事实是，近年民企的产值已占国内生产总值的半壁江山，举足轻重。这是从总体上讲。若从单个企业上讲，有些民营企业的规模、产值、利税早已不是舢板级的，有的已不亚于旗舰了，所以不能这样简单比喻。这应该是一个常识。这类实例有很多，我不在此赘述。联想到另一篇原定于2月16日刊发，后审电子版时被毙掉的"中国五大航空公司老总新春畅想"的稿子，文中约的稿件是长安航空、中国北方、新疆航空和河北航空，真正称得上中国大航空公司的只约了一家——中国国际航空公司，而它的篇幅却最短。事实上，迄今为止，中国只有四家大的航空公司，除中国国际航空公司外，它们是：南方航空公司、东方航空公司、西南航空公司。不知何故，没有这些真正重量级的、占有更大市场份额的、与乘客更密切的航空公司的稿件。这就可能是编辑对我国航空业状况不了解所致。如果这样报道出去，社会效果如何、业内人士怎样看待你们，是可想而知的。在审电子版时，我提出将标题的"五大航空公司"改为"五家航空企业"。虽做了上述改动，思前想后，还是决定撤稿不发，但已造成人力物力、广告资源的浪费，险些酿成麻烦。这样的例子的确该引起你们的高度重视并切实加以改进。

编辑工作是苦活儿、累活儿,又是无名英雄。这就要求编辑一定要有负责精神、吃苦精神、奉献精神。任何时候都不能忘记肩负的重任,要俯下身子,潜心耕耘!

(2002 年 11 月)

"发稿秘诀"与"投报所需"

——在《法制日报》通讯员新闻研修班上的讲话

非常高兴有机会和大家一起探讨法制新闻的写作问题。

今天在座的各位,均来自政法机关各部门和社会治安综合治理工作的第一线。你们既是政法干警,又是法制新闻报道的"前方记者",肩负着重要的法制新闻报道任务。你们的工作既具有重大使命感、光荣感,又具有一定的挑战性和难度。你们所处的岗位虽然便于掌握大量法制新闻"矿藏",但如何将它们"开采"出来并且使其成为"发光"的、可发表在报刊上的稿件,无疑是摆在你们面前的一个重要课题。为此,有同志让我讲讲,作为报社的总编辑,能否透露一些写稿发稿的"秘诀",以使我们少走弯路,提高写稿发稿的效率和质量。我想,这个问题提得很有意思,我也十分理解大家的心情。今天,我愿借此机会,结合自己长期从事法制新闻工作的一些体会,和你们一起寻找一下所谓的发稿"秘诀",共同探寻写稿发稿中应该注意和把握的一些问题。

我以为,法制新闻作为一种重要的法制精神产品,首先具有极强的政治确定性,即党的政法工作的原则性、舆论的导向性,同时又需要具备新闻自身写作的技巧。我们编辑在选稿、发稿、组装版面的具体操作中有十分明确的一面,又有偶然性的一面。为什么这样说?因为如上所说,法制新闻稿件是政治性、法制性极强的精神产品,必须严把舆论导向关。编辑在组版时发现版面上缺一个五百字左右的"天窗",而手边或许又恰有一篇审批过的、合适的预备稿,于是就立马组进去了。这篇幸运小稿或许未必是需要急发或十分重要的。这就存在一种偶然性——正需要！再比如，有时版面上需要一张照片，于是尺寸合适的照片立刻就发上去了。同样，很难说组这张照片就一定是最好的，反倒是有些精选备用的稿子，无论是文字的还是摄影的，本来安排要发在重要的版面位置上，却因版面原因，一拖再拖，未能及时刊出，甚至废掉。但你不能说这类稿子或照片质量不好。还有一种可能性，就是在座的某位同志，可能与报社某位编辑熟悉一些，经过及时沟通，引起了编辑重视，在版面方便情况下，稿子很快见报了，但这恐怕也不能说明你的这篇稿子就一定比别人的好。这里，我打个不恰当的比方，就是这似乎应了《红楼梦》中的那句话：好便是了，了便是好——见报了就是好，好就是见报了。

凡此种种，不一而足，大家可以从中窥视到编辑在某些选稿发稿操作中的一些小细节，但是，我要告诉各位，最关键的还是在于稿件的质量。

如何提高你们的稿件质量？采写中要把握哪些原则和写作技巧呢？这是我们今天要探讨的主题。我想就以下几方面，讲点个人意见。

我们知道，从一定意义上讲，《法制日报》也属于党报，因为它是中共中央政法委员会机关报，是党在政法战线和社会治安综合治理各项工作中的喉舌耳目，是实施发展社会主义民主、建设社会主义法治国家基本方略的舆论主阵地和进军号角。它所担负的神圣使命及所处的地位、承载的重任，决定了它必须坚持坚定的政治方向、正确的舆论导向，坚持政治家办报，自觉主动地服从服务于党的中心工作。正是由于这种使命和责任的定位，《法制日报》的各项重大宣传报道任务都是在中共中央宣传部和中央政法委的统一部署和指挥下实施并完成的。因此，对大家而言，要采写出质量高、分量重的稿子，首先必须深入学习、牢牢把握中央精神及你所在的政法和司法、行政执法等机构贯彻落实中央精神的鲜活生动材料。同时，你们还要注意观察研究报纸在一个阶段、时期宣传报道的安排和重点，以适时写出符合要求的稿子。为此，我讲几点。

要善于"察言观色，投报所需"

借用这样的语言，我的意思是说，你必须在写稿前或写稿中注意观察报纸之"言"与"色"，就是说要观察报纸在某个时段、某个方面的报道重点，从而写出符合报纸所需要的稿件，这就是我所说的"投报所需"，以提高投稿的"命中率"。

你们身在基层，又工作在领导身边，会不断地发现并掌握新闻宣传话题，这无疑都为你们从事法制新闻写作奠定了良好的基础，创造了有利的条件。做到"投报所需"，重要的一环是认真学习中央精神，掌握好上级党委和领导的指示精神，占有素材，注意看报，进行分析研究，使你的稿件符合总的报道原则和思想。无论是专门从业人员还是在座各位，都责任重于山。没有清醒的政治头脑、敏锐的目光，把握不住宣传报道思想，是不可能把报道搞好的。只有具有了这样的素质和意识，你才能有火眼金睛，能及时捕捉到重要的新闻选题，写出好稿。这些道理，是不言而喻的。

看报写稿与"瞻前顾后"

前边讲了"察言观色，投报所需"，但你又不能被动地看报写稿。报上登啥你写啥，终成"马后炮"，这是不少通讯员在为报纸写稿时最常见的一个毛病。这类稿件的见报概率往往很低，或者，在大多数情况下是做了无用功。大家都知道，新闻的根本价值在于一个"新"字，这是其生命力之所在，而报纸选稿的最大特点之一就是"喜新厌旧"。你这样写、这样跟，永远跟不上，永远登不出，只能白费力。那大家会说，你这不是与你前边说的自相矛盾吗？一点不矛盾！前边说让你观察报纸的"言"和"色"，是帮助你了解、把握报纸宣传报道的重点和方向，知道报纸需要哪些方面的稿件和报道内容，使你找到报道的正确方向，从而写出有分量、有特点的东西，而不是简单或者被动地复制、炒冷饭。因为那样的稿子已无新闻价值了。所以，要想提高发稿率，关键在于要有新闻敏感性，争取"第一时间"发稿，抢占报道先机！

但是话又说回来，不可能人人都能抢到发稿"第一时间"，那还能不能写出好稿了？我以为，我们不能简单机械地理解抢新闻"第一时间"。我觉得，只要我们把握住总的报道思想，掌握新鲜的新闻事实或内容，拓展思路，许多时候都可以在"瞻前顾后"上做文章。先说"顾后"，如你看到报上刊登了关于法院"执行难"的报道，你不再进行一般性的报道，而是就"执行难"诸层面中的相关问题，去寻找新的切入点和视角，结合你所掌握和了解的具体事例进行具有深度和广度的报道，肯定会写出具有新闻价值和分量的稿件！

因为任何一个问题的产生和存在都不是孤立的，肯定涉及相关链条上的诸多因素，而你的本事就是从"执行难"入手，拓展、挖掘，采写出既与主题相关又有独到视角和见地的报道。这样的报道，肯定会受到报社青睐。因此，我这里所说的"顾后"，就是指后续的深度报道。另外，有些问题报道之后，可能只是剖析了一个横断面，却尚未上溯到源头对其产生的原因等进行分析报道，那你就可做些"瞻前"性的开发报道，即选择另外一个新角度，同样也会收到事半功倍的效果。所以，我认为，一个有经验的、成熟的新闻干事，必须具备这种对问题进行"瞻前顾后"式报道的本领！

"瞻前顾后"式的报道思维，是为了再开发法制新闻资源，使其得到充分利用。我认为，这是新闻写作中的一个重要基本功和技巧。我们做新闻的，必须善于研究新问题、新情况，站在时代前沿观察、分析，捕捉新闻宣传的"眼"。这里，我想讲几个层面的问题：

一要善于积累。新闻是什么？新闻是实践，是积累，是大海拾贝，是深山探宝，是暗中找亮，是沙里淘金。新闻事实固然是本，但记者的洞察能力、综合能力、提炼能力，是衡量新闻作品的终极标准。所以，平时将大量分散的、零落的、看似意义不大的情况和信息收集起来，分门别类地进行整理，经过认真的梳理归纳，就会擦出新的火花，从而写出有分量的新闻。我们报社的编辑也经常这样做，对分散的、平淡的、零星的新闻稿加以整理归类，集纳成一个主题，赋予其新的生命力，从而产生良好的报道效果。

二要适应形势发展需要。当今的读者和受众，已经不仅仅满足于一个"新近发生事件"的报道了，他们更希望了解事件发生的背景和原因以及结局，而这恰好也是我们新闻写作的更高要求，关键就在于写作者是否有能力、肯辛苦地去挖掘。过去我们讲新闻五要素，即五个W，其实往往拘囿于新闻报道即消息本身的写作，而我认为，就今天形势的发展、社会对新闻传播的要求、新闻写作所承载的任务而言，一般性的消息报道已无法满足社会和受众的需求了。所以有人说，现在报纸杂志化，杂志报纸化。为什么？这是偶然的吗？是新闻工作者不懂得报纸首先是一张新闻纸的起码道理吗？不是，就是由于前边所说，是社会发展了、受众的胃口不一样了、需求变化了，以往的或者说传统的某些理念、手法不能完全适应了，需要与时俱进、因势利导，以适应新形势、新任务、新需求！大家一定要看到这种变化，只有适应这种变化，才能取得主动，及时采写出漂亮的新闻稿件来！

三要勇于开拓，努力进取。实事求是地说，看报写稿，对于我们在座的各位而言是难以避免的。因为你不可能像我们《法制日报》等中央新闻单位的领导和广大编采人员那样及时地了解中央及各有关部门的指导思想和宣传报道的部署及要求。你既是一个报纸的读者，又要成为一个作者，在多数情况下，"看报写稿"不可避免，但我要说的是，只要你开动脑筋、勤于思考、善于分析，从我上面所说的"瞻前顾后"等途径勇于开拓、深入挖掘、举一反三，情况就会不一样！

四要勤于思考与善于沟通。作为一个新闻宣传工作者，要做到报道及时、体现领导意图、提高发稿率，还有一项十分重要的工作，就是沟通。我这里讲的沟通，主要是指：第一，和新闻单位，包括和像我们《法制日报》这样的中央主要新闻单位的沟通。就是说，你作为一个地方、一个单位的宣传干部，应该经常与新闻单位取得联系，交些朋友，及时地把你们那里的工作成绩、信息动向，向报社通报一下，在报社有关编采人员的指导和帮助下，有的放矢地写稿，稿件就容易被采用。我们党本来就有全党办报、群众办报的优良传统，如果没有广大业余作者提供信息和稿件，报纸哪来那么多新闻和好稿？这是毋庸置疑的。我们报社许多同志在各政法部门和各地都有不少好朋友，正是他们及时为报纸提供了有价值的稿件和信息，成了我们办好报纸的"及时雨"和"智多星"。这种帮助是不可或缺的，今后也永远都是需要的。这是一种沟通。

此外，还有一种沟通是与你们的上级主管机关的宣传部门的沟通。这种沟通可使你们的新鲜经验、先进模范人物的事迹被反映上去，以引起上级领导机关的重视，从而扩大宣传报道面、增强宣传效果。所以，我认为，你们的工作不应仅仅局限于写几篇稿、发几篇稿，你们的一个重要任务是把你们那里的情况及时汇报到上级领导部门和新闻单位。事实上，许多人是这么做的。这肯定不是个新问题，但要认真做、做出成效，还要锲而不舍、下番苦功。许多同志希望多听听诸如"发稿秘诀"之类的东西。各位想想，与有关部门加强沟通，可不可以算作一个"秘诀"呢？

增强信心、奋发有为地搞好法制新闻宣传报道

这是我今天要讲的最后一个问题。我这里所说的增强信心，是指大家对为报纸写稿、提供信息要增强信心。为什么这样说？因为当今媒体现状发生了很大的变化。传统的平面媒体——报纸，受到了空前的挑战，就是大家都清楚的来自电视、网络的挑战。电视被称为立体媒体，而所谓的第四媒体网络的发展，更是呈现出迅雷不及掩耳之势，因为网络不仅时效奇快，而且人人可以参与，想说什么，写个帖子，立即可以发出去。这就与报纸、电视不同了，个人就可以直接参与，且不受什么版面、频道及技术上的限制，为广大网民提供了广阔的、自由驰骋的空间。所以大家可以看到，一般报纸的发行量，已较20世纪八九十年代下降了很多。现今中国超百万订户的报纸已屈指可数，许多报纸从发行角度上讲，已风光不再。这是从报纸与电视、网络的比较而言的。即使是报纸行业内部，彼此的竞争也早呈白热化，尤其各类以社会新闻为主的生活类、知识类、时尚类报纸如雨后春笋。由于这些报纸报道宗旨的定位基本以市场为主，发行空间较大，与群众的生活和需求贴得较近、版面比较活泼、色彩比较艳丽，因而比较受欢迎，多数可以维持生存，但盈利很多的恐怕也是凤毛麟角。这就是报业目前的状况。

在这种竞争激烈的态势下，报纸是否已夕阳西下，没有了生命力？对于这个问题，一位外国报业编辑协会主席明确回答："电报、广播、电影诞生以后，人们已经不止一次地宣称'报纸要完蛋了'，但报纸直到今天也没完蛋。"他认为，在新媒体时代，无论是报纸还是网络，都将只是新时代信息传输的方式之一。他还举例说，人们在上网时对网上的广告往往不怎么留意，而对于报纸上的广告则比较留意。他承认博客十分出色，但博客只是信息的评论者，不是采集者；博客表达的是个人意见，而报纸表达的是"人们"的观点。所以他认为，报纸是能把人们团结起来的力量，尤其是在关键时刻，报纸会起到凝聚剂作用。这位先生是一位资深报人，他对报纸情有独钟，珍爱有加。他的见解可以理解。但细究起来，我们还应看到，在报纸与网络的竞争中，实际上也是各有千秋、优势互补的。网上的不少新闻实际上来自报纸，并非自家采写。大家上网时都能看到，常常是某个新闻、某篇报道引自某某报。但与此同时，不少报纸也在大量使用、套用网上的东西。据说，有的小报80%的稿件是从网上"扒"下来的。还有相当多的报纸，自己也建立了网站，出版报纸的电子版，这叫肥水不流外人田。还有不少报纸与电视台联手办节目，形成了一种互动，效果也很好。不少报纸面对新的形势积极开动脑筋，改进报纸、提高质量、突出特色，从而进一步巩固和吸引老读者群，扩大新读者群，增加广告收入。据此，我认为，尽管媒体竞争激烈，但其实是各有所长，从长期看，会呈现各类媒体长期并存、相互竞争、相互依赖的局面。对于报业目前的状况，各位完全不用担忧，应该充满信心。

我认为，有信心和没信心或缺乏信心，情况会完全不一样。在座的各位如果对给报纸写稿没了信心，大家还会坐在这里参加培训吗？大家还会把稿件送到报社来吗？但与此同时，也一定要看到竞争，要有危机感和紧迫感。因此，一定要有所作为，一定要千方百计、百折不挠、积极进取！报纸办得好，读者才会多，影响才会大，供稿者才会多。这是非常浅显的道理。因此，我们大家一定要携起手来，共同把报纸办好，把法制新闻宣传工作提高到新水平！

今天我讲的这些，仅仅是与大家的一种沟通、一种互动、一种相互的支持。报社请你们来参加这个培训班，说明《法制日报》心中有你们，而你们心中自然也有《法制日报》。它体现出了我们大家的一个共同目标：为宣传报道好党和国家社会主义民主法制建设大政方针、实施依法治国、建设社会主义法治国家多多贡献力量！

现在回过头来再说说开始时大家让我讲的关于发稿"秘诀"的话题。发稿究竟有没有所谓的"秘诀"？有啊，我前面不是一一回答了吗？十分清楚：所有"秘诀"都紧紧地握在你们自己手里。我想这就是结论。

今天就讲这些吧，都是我个人的一些不成熟的意见，谨供大家参考。有不当之处，请批评指正。

谢谢大家！

（2005年4月16日于成都）

抓住热点　办出特色

——致法制日报社编委郭宏鹏的一封信

小郭：

　　你好！收到你的来信，拜读了你发表在 5 月 12 日《中国新闻出版广电报》上的雄文，祝贺大作的发表，并很为你主持咱报《视点》及《法治经纬》两个专版以来取得的成功和广泛社会影响而高兴，从中更深切地感受到了你作为一位资深法治新闻人的深思熟虑与孜孜追求，而这也正是你取得成功的原动力！尤其当下，在传统纸媒面临越发严峻挑战的压力和形势下，你能不故步自封，而是努力探索，钻研业务，并在编辑工作中精益求精、争创一流，其精神更加难能可贵，我深表钦佩！

　　小郭，你是知道的，我在岗期间，是最喜欢和编采人员共同研讨业务的，总是想在各种条件允许的范围内，把我们的能量发挥到极致，以达到最佳办报效果，让我们的《法治日报》以更加出色的表现立于中央和首都主要媒体之林。如今，我从你的努力和追求中看到了你一直奋力前行的身影和结出的硕果，这令我感到喜悦和欣慰！由此，读过你的文章引起了我的兴味，勾起了我旧日的话题，借机和你聊聊。

　　你在文中列举的专版选题和内容，我觉得都是很好的，无论在时代脉搏、重要节点、舆情引导、关注小人物以及对突发事件报道的把握和处理上，无不独具匠心和新意，这无疑是需要继续努力坚持并发扬下去的。但我以为，今后要提升专版的报道质量，关键还在于必须紧紧地扣住法治问题的特点、特色做好文章。对于我报而言，报道任何一条新闻、一个突发事件、一个新闻人物，其审视与切入的支点乃是"法治"，即必须从中找到法治的视角，抓住法治的情节及涉及的法律视野。比如，稿件内容涉及的是立法问题还是学法、用法、守法中的问题？就是说要贯穿于相关的立法、司法、行政执法乃至公民行为的各个环节，从而办出我报独具的法治特色，防止无异于一般媒体的泛泛报道，成为有别于其他媒体而独具法治味道的"这一个"。如此才可以独占鳌头。

顺便提一下，这纯属我的个人拙见，就是你在文中开头所说的关于新闻的概念。窃以为，所谓新闻，就是新近发生的事情，贵在一个"新"字。新闻本身的存活期应该很短，久了就不再是新闻，正如我原来要求大家采写"带着露珠的新闻"——露珠不会久留不干不掉。至于你提到《法治经纬》中的报道长期具有影响力，这应该是说新闻事件的影响力长期存在，但并非新闻报道与写作本身。不该把新闻"卖点"与其报道后产生的长久影响力都归于"新闻"这个定义本身。当然，后续报道也是新闻，但必须有新的事件或内容的新发展或延伸，而不是一味地"炒冷饭"。这是与你闲聊瞎扯，不足挂齿。

总之，很开心读到你在新闻出版报上谈采编业务的文章。我深信：有心人必会不断前行，不断攀登新的高度！祝你一切顺利，在工作上取得更大的成绩！

与你这位年轻的老系友、老同事、老朋友闲聊，是我的一件乐事。老夫所言倘有不当不尊之处，请不吝赐教，多加谅解！祝安好！

老陈

2021年5月15日

陶然亭往事

——我与"半个法律人"曹进堂的故事

> 更待菊黄家酝熟,共君一醉一陶然。
>
> ——白居易《与梦得沽酒闲饮且约后期》

在风景如画的陶然亭公园里,曾暂住着一拨人,他们形同游人,却不为园中景致所动,总是表情凝重、脚步匆匆,每日往返于园子内东西两端的房舍之中。他们是一群什么样的人?他们在忙些什么呢?

一泓清水,几座亭台。杨柳依依,小山缓缓,桥身俊秀,船儿悠悠……这座得名于白居易诗"一醉一陶然",经清乾隆三十四年工部郎中江藻以中国古代四大名亭之一的陶然亭命名的北京城南著名园林——陶然亭公园,以其古朴的建筑、旖旎的风光、独特的名亭文化,吸引着络绎不绝的游人。

不速之客

1984年4月的一天,园子里东端房舍的一扇房门,传来了几下轻轻的敲门声。未等主人应答,来人就已推门而入。

"请问,这是——"来者问。

"您找谁?"我忙着迎上去问。我看到,站在面前的是一位身材敦实的中年男子,头上沁满了汗水。

"哎呀!我没找错吧?你们在这办公,我费了好大劲儿,打听了半天才找着你们。太不容易了!"

不知他是怎么作出判断的,反正我还没来得及作自我介绍,他倒认定了,此处就是他要寻找的地方，我们就是他要找的人。

"我是来给你们送稿的。前些天你们登了我的稿子，效果特别好，我们领导高兴坏了，说让我代表他们谢谢你们报社给我们工作帮了大忙！这不，今天又特意指示我登门向你们致谢！我还带来了几篇稿子！"他一边不停地抹着头上的汗水，一边不住地说，那一口浓重的山东腔，语速还挺快，有些话我根本没听明白，弄得我一头雾水。他自顾自地问我："你就是陈主任吧？我早就听说过你！对了，上次因为那个稿子，咱们还通过一次电话呢！"

此时我才恍然大悟，已经猜到他是谁了，连忙请他坐下。呵呵，单刀直入，快言快语，真乃文如其人，人如其文！

这就是我与这位不速之客的首次相见。时间：1984年4月2日。地点：北京市宣武区陶然亭公园东旅社，《中国法制报》经济部编辑室。来者大名：曹进堂，中华人民共和国商业部干部。

"哎呀，陈主任，你们这环境真不错呀，有山有水、桃红柳绿，真舒服！"他的感慨让我顿时心生苦水。老曹啊老曹，你哪知道，我们是无家可归，只能寄人篱下，暂且栖身呀！真是饱汉不知饿汉饥啊！

然而，曹进堂的不约而至，既让我感到突然，又让我感到高兴。因为我们早就因稿件而相知，还为稿子的事通过一次电话，今天，终于见识了他的"庐山真面目"，况且他又送来了稿子。这是我们急需的呀！他的稿子能紧跟形势，问题抓得准确，时效性强，文笔又十分流畅，我们略加编辑即可使用，这是我们求之不得的！虽然此前我们一直未曾谋面，但对他的名字我们已不陌生。

雪中送炭

20世纪80年代初期，饱经风霜、历尽沧桑的祖国，沐浴着党的十一届三中全会的阳光雨露，开启了以经济建设为中心新的伟大航程！在邓小平关于发展社会主义民主、健全社会主义法制的伟大号召下，伴随着党和国家改革开放前进的步伐，中国新闻史上破天荒地以宣传报道社会主义民主法制建设为主旨的《中国法制报》应运而生！

报纸初创时期，条件非常艰苦，是一家无办公室、无印刷厂、无员工宿舍的"三无"报社。没有办公室，几经辗转，好不容易才租到陶然亭公园内的三处房舍临时办公。但是，年轻的法制报人，人人都怀揣梦想，决心不辱使命、克服困难、奋然前行，铆足劲儿要把这张报纸办出个样儿来，为社会主义民主法制建设作出贡献！

那时，我们缺少好稿，犹如有了好厨师，也有了临时"厨房"，却没有好的"食材"。我们当编辑的，最缺的就是好稿！好稿何处来？当时，我们人手少，不仅自身采访力量十分薄弱，而且编辑部尚未建立起可依靠和可倚重的通联及作者队伍，好稿自然少之又少。每天上班，大家都反复翻阅着自然来稿，盼望从中找到"好米"下锅。

当时由于受"法，即刑也"的传统法治思维观念的束缚和影响，"经济法制"这个词，对当时的人们来说还是个刚出现不久且陌生的概念，不为大家理解和接受。所以，当时整个编辑部缺稿，组建不久的经济部更是缺稿！

那时，即使我们走出去前往国家经济管理部门或厂矿企业单位参加相关采访活动，也常遭误解。我们的记者往往或被"对口"安排到安保部门接待，或干脆被谢绝采访，还被告知他们单位没有违法犯罪的人和问题，无法提供采访内容和任何材料。面对此种局面，我们欲哭无泪呀！

记得有一次，我带着年轻编辑小杜去北京市百货大楼采访，就遭遇了这样尴尬的局面，要不是有老模范张秉贵鼎力相助，那次采访肯定落得两手空空。

可以想见，当时要想获取符合报道要求、质量又高的经济法制新闻稿件，难度有多大！而恰在此时，我们意外地从为数不多的来稿中发现了曹进堂这个名字和他的来稿。他的稿子既对路子，质量又好，同时，像曹进堂这样在政府经济部门工作，具有较强法治观念，且能写出符合经济法制新闻味道、文字功力又好的人，当时的确尚不多见。所以在我们心目中，曹进堂无疑是一位雪中送炭者！我们和他自然一见如故。

记得当时，我指定经济部蒿梅升副主任与他保持热线联系。此后，他的稿子经常见诸我们经济法制新闻版面。他的有些稿子经我们推荐，还上了综合新闻版，一版头条也发过多篇，有的评论文章还发表在评论专栏《暮鼓晨钟》

上。一时间，他的名字为《中国法制报》的许多编辑所熟知。

法制为魂，新闻为桥，陶然亭的那次突然见面，让我们相识，且成为彼此日后的莫逆之交。

屈指算来，三十五年过去，人生经历了多少风霜雨雪，岁月拂去了几多美好记忆，虽然我们都早已退休，彼此见面也不多，但友情日久弥深，他在我心目中，无疑是一位不折不扣的编外法制新闻人，是我们《法制日报》的一位挚友！

因报结缘

遥想当年，曹进堂，这位原本与我们素昧平生的人，是如何会积极为报纸投稿，并与我们结下不解之缘的？

水有源，树有根。是因为《中国法制报》作为中央政法委员会机关报的崇高权威性、重大社会影响力和其独具的法制新闻的特质！

有人说，事物的偶然性存在于必然性之中。或许这是哲学家们探讨的课题，但实事求是地说，曹进堂看到、了解《中国法制报》，的确始于偶然。

他这个人，平日喜欢读报，爱好写作。他要从报纸上获取信息和令他"有感而发"的话题。在回忆这段往事时，曹进堂说，当时商业部收发室每天都要给各司局分送所订报刊，曹进堂能看到的报纸十分有限。而他觉得，一天不看报，就等于两眼瞎。怎么办？他想到了一个办法，就是每天早点上班，然后抢在报纸分下去之前到收发室去看工作人员分发报纸。

说来也巧，1984年年初的一天，上班后，曹进堂径直走进了收发室，看见工作人员正在分发的报纸中，有一张《中国法制报》。

他拿过来一看，爱不释手，一下迷上了，还赶紧用笔记下了几篇报道的内容。那时，《中国法制报》还不是日报，他就弄清了报纸出版时间，赶在每次出版那天准时去收发室先读为快。

记得那年2月13日早晨上班后，他照例去收发室看《中国法制报》。第二版上刊登的一篇题为《一份假档案》的报道吸引了他的眼球。他反复读了两遍，对文中揭露的造假行径十分气愤。尤其是报道中讲到，违法犯罪者不但未受到严厉谴责，还有许多人为其说情、开脱罪责。他顿时感到这些人太缺乏法律意识了！联想到自己平日在看材料中发现的类似问题，心中无法平静。当晚，他就以此篇报道为由头，连夜写出了题为《邪不压正》的评论文章，第二天早上就寄往报社。

他后来笑着对我说："我当时只是抱着试试看的想法把稿子寄给你们，没想到，很快稿子就被你们采用并发表在2月27日的《中国法制报》上。看稿子登了，我十分高兴。从此我下定决心，多给你们写稿。经济部门类似的事件不少，要通过新闻报道弘扬法制、提高人们的法律意识，让他们知法守法、不敢胡来！我要和你们一起战斗！"

我记得，当时他写的这篇评论层次分明、逻辑性强，在分析问题产生的原因后，以犀利的笔法特别写道：不论是什么人，不管他职位有多高，权势有多大，只要触犯了法律，或者违反了党的纪律，就要受到应有的惩处！言语中展现的分明是一位护法勇士的形象！

这几句话令我印象深刻，也是决定采用此稿的主要原因。我们经济部的人都说他写得好，感到遇见了一位经济法制新闻的知音、一位志同道合者！经济法制新闻天地广阔，大有可为！这无疑给我们这些奋力拓展经济法制新闻的人，增加了一份信心。

身手不凡

陶然亭的初次相见，似乎成为他的一个新起点，每每谈及他都禁不住感慨。他说，从那个地方开始，他更热爱法律，更喜欢研究法制、写作法制新闻文章。法制是人类的重要文明标志，法制社会是进步的社会。社会主义市场经济，其实就是法制经济。这一点，我们英雄所见略同啊！

的确，回首几十年间，他干的活就像一贴老膏药，与法制和法制新闻工作贴得紧紧的，撕都撕不开。

他说他年轻时曾经是一位优秀的解放军战士。练兵场上，摸爬滚打样样在先，连续四年被当时的济南军区评为标兵，多次立功受奖。可他偏偏又喜欢舞文弄墨，一不留神，成了文武双全的好兵！首长、战友无不啧啧赞叹，对他喜爱有加，他还曾被送到《解放军报》工作过。

说来又是一怪，转业时，他被分配到了国家商业部门，从事信访工作，每天要从群众来信中选择有参考价值的，编辑《群众来信》简报，供领导参阅。

这无疑是一个麻烦活。

"一个老兵的天职就是服从命令听指挥！领导安排了，我就好好干！"他常常这样说，这样勉励自己。

是金子总会发光。他来到这个陌生的领域，竟大有用武之地！

那个时候，中国的社会主义市场经济体制正处于孕育、起步阶段。经济生活中的新情况、新问题也随之出现。当时提出要运用行政、经济和法律三种手段管理经济，而毫无疑问，当时缺乏的不是行政和经济手段，而是规范、管理、引导经济工作的法律法规。

作为商业工作岗位上的工作人员，曹进堂自然责无旁贷。每日，成百上千封群众来信就是他的工作对象。他要一封一封地拆开，仔细阅读。他要用自己的"火眼金睛"去发现和寻找有分量、有价值的内容，编成简报，提供给领导参阅。与此同时，这些来信也成了他的"为炊之米"。他从正反两方面去寻找、发现对规范市场秩序、保证经济正常运行有益的规章制度及防范措施。这些内容都具有法律特征和效果。他"走火入魔"般地研究、分析，将自己完全融入了法制的广阔天地。

与此同时，为配合工作、扩大宣传教育范围和效果，他发挥自己写作的能力，积极为报刊供稿。在从1984年至1989年的五年间，仅在《中国法制报》上，他就发表了一百二十多篇稿子。

然而，就在他顺风顺水、踌躇满志时，困惑也来了。他说，照一般情况而言，自己那次不是十分想要骑着自行车，绕大半个北京城，东问西问、满头大汗到陶然亭公园找我们的。

"当时不去不行了！这是领导指示我去找你们的！"提起往事，他又来劲了。

原来，当时他接到多封来信，揭发安徽一家面粉厂的副厂长无视食品安全，擅自将发霉变质的面粉掺进二百多万斤好面粉中，勾结基层粮食部门非法销售，牟取私利。两位时任商业部领导对此作出重要批示，要求严肃查处。曹进堂很受鼓舞，立即动手将此案写成稿子欲寄报社。但他思忖再三，觉得问题严重、影响很坏，对于是否可以公开报道拿捏不准。他于是向领导请示，领导也说应与报社沟通，请报社定夺。

在这种情况下，他才找到我们。当时我看了稿子，觉得问题恶劣、后果严重，稿子很有分量，决定编发，他听了很高兴。后来我亲自撰写了一个短评，配此稿发表在1984年4月6日的《中国法制报》一版头条位置。

稿子见报当日早晨，中央人民广播电台就在《新闻和报纸摘要》节目中予以摘播，产生了很大的社会影响。商业部上下反响自然也十分强烈，商业部领导对他和《中国法制报》大加称赞并表示感谢。

提起这事，曹进堂说，自此他就与《中国法制报》乃至后来更名的《法制日报》结下了不解之缘，而当年陶然亭公园里《中国法制报》经济部的那两间临时办公室，也深深地留在了他的记忆中。

宣传报道法制、维护法治尊严、依法开展舆论监督，过程不会一帆风顺，受到抵制或反告的情况时有发生。在当时，人们的法制观念还很淡薄，某些基层干部自恃手中有权，便试图对舆论监督进行反制。他们或否认和掩盖错误，或通过其上级有关主管部门对媒体施压，甚至反诬媒体损害他们的声誉而威胁媒体，并予以起诉。曹进堂自然也遭遇过这样的"待遇"。

一次，我们发表了他撰写的一篇关于某些地方乱搞非法有奖销售活动、坑害消费者的报道。不料有的被批评单位不仅不认真查处问题，反而派人四处活动，竭力否认其不法行为，扬言要起诉曹进堂，还说要与他进行公开辩论。我当时也接到了这类电话，对方气势汹汹地质问报社为什么发表这篇报道。

我把这个情况转告了曹进堂，他听后斩钉截铁地回答：事实俱在，不怕他们反诬，也欢迎他们来和我辩论！他还要我把他的表态转告那家单位。

话是这么说了，但曹进堂内心也打起了小鼓：毕竟自己没有专门学过法律，要与那些人正面交锋，还是觉得底气不足。打铁还需自身硬啊！他想到，解决问题的方法只有一个：学！学习法律！他把想法对我说了，我说，你的想法太对了，只有学好法律，才能更有底气，把活儿干得更漂亮！

恰逢其时。不久，他被调到商业部新组建的法规处工作。他立即将这个消息告诉我，高兴地说："我现在算得上是一个正儿八经的政府法制工作者了吧？咱们是一家人了！"

不久，他又告诉我，他已向领导提出要求出去学习法律，领导痛快批准了，并送他到国务院举办的政府法制干部高级培训班学习。此次学习，他虽收获满满，但仍觉不足，希望再能有学习机会。

我告诉他，我们报社受司法部委托，开办了一个专门培训律考人员的中华全国律师函授中心，面向全国招生。该中心聘请知名法学专家授课，配有专门的法学教材，十分专业，你何不报名一学？他听了十分高兴，跃跃欲试。不久，他成为中华全国律师函授中心的学员，系统学习了法学各科教材，并以优异成绩获得结业证书，还被司法部特聘为中国律师事务中心专业法律顾问。从此，他的"法翅"更坚硬了，他的"法眼"更敏锐了，他的"法笔"更犀利了！先后撰写了千余篇有关普及法律常识、依法管理经济和依法治商的文章，体裁包括评论、论文、法律知识介绍、案例分析等。

他的这些成果已令我惊叹，但他并未止步于此。更令我刮目相看的是，曹进堂竟然写起关于法制新闻写作技巧的文章了。最先映入我眼帘的，是他发表在中国法制报社主办的内部刊物《法制新闻业务》1987年第一期上、题为《我是如何抓法制新闻的》一文，他从法制新闻工作者要有新闻敏感性，要抓具有社会普遍性、群众关心的问题等方面入手，结合自己撰写法制新闻的实践和体会，论述了法制新闻写作的方方面面。文章深入浅出，且颇具见地，在社内外引起了强烈反响。

1989年6月1日，他在《法制日报》上发表了《还赌债的描写与法律相悖》一文，一针见血地指出一则新闻稿的作者出发点是好的，但文字的描述与法严重不符。

在另一篇题为《我是如何捕捉新闻线索的》文章中，他谈了自己在日常工作和生活中，通过与人聊天、坚持读书、阅读报刊、收听广播等方法，捕捉新闻线索、撰写法制新闻的体会。报社的编采人员读后，纷纷竖起大拇指，赞不绝口。甚至有人说，我们这些职业法制新闻人，自愧弗如了！

曹进堂是个追求更高境界的人。他要在经济法制新闻道路上继续前行，让自己走得更高、飞得更远。

1989年底的一天,他突然打来电话,问我能否和他见个面。我意识到,他肯定无事不登三宝殿,无事不会打电话,如同当年的不约而至。

此时,他当时到陶然亭找我的情景又浮现在眼前。

我自然答应了。果然不出所料,他十分认真地告诉我,在他的积极建议下,商业部要创办一本杂志,刊名叫《中国商业法制》。我听了立即表示祝贺,说你老兄是货真价实的经济法制新闻专业人士了,要和我们比个高低!

他爽朗地一笑:"嘿嘿,不敢不敢!工作需要呗,哪能跟你们中央大媒体领导和专家比!不过,咱们可以比翼齐飞嘛!"接着他神秘一笑,直接给我派了活,"我们领导要我请你为杂志创刊写个开篇词。"我推辞。他说,不行,我们领导说,就相中你了,你得帮我这个忙,必须完成任务!他像是在命令,我只好从命了。

当时,党中央已确定在中国建立社会主义市场经济体系,也在有效实施全民第二个五年普法规划。"市场经济就是法制经济"的认知正在为各级领导,尤其是经济主管部门领导所接受。在此种背景下,商业系统破土而出的这份《中国商业法制》杂志,真是呼之欲出了。我以《随想与祝愿》为题的文章刊登在了杂志的创刊号上,表达了我对依法治商、依法兴商、企盼商业法制尽快建立与不断完善的衷心祝愿!

后来,曹进堂对我说,你的文章反映特别好,领导让我向你转达谢意。但我脑子里想到的是,你曹进堂真是个有决心、有毅力、锲而不舍的追梦人!你完完全全成了我的同行!钦佩之情油然而生!

不是尾声

光阴似箭,仿佛一瞬间,三十五年过去了!

我不知道,陶然亭公园,北京南城的这座美丽园林,是以怎样的魔法牢牢牵住了我的记忆,令我魂牵梦萦,并让我结识了这位热心而执着、不知疲倦、孜孜以求,在经济法制建设和法制新闻的天地里勇敢驰骋并与我终为挚友的曹进堂!

我知道,他至今退而未休,依然帮助机关干着老本行,依然文思如泉、笔耕不辍，续写着商业法制建设的新篇章！而我和他之间的故事，并未结束。

五年前的一天，我们不期而遇，陶然亭初次相见的往事是躲避不开的话题，当然也是忘不了的记忆。聊起他给我们写稿、我们给他发稿的件件往事，感慨颇多。其间，我将自己出版的几本小书送他存念。他看了兴奋异常、喜爱有加，不住地啧啧称赞。

我突然想到，老曹啊，你老兄几十年写了那么多好文章，为何不结集出版，留下个念想？有无读者不重要，但那是自己付出大半生心血的成果呀！

我的话似乎并没有刺到他的神经，"这个事，我还真没想过。反正当时工作需要，我就写呗！"倒是他的夫人心领神会，"哎呀，陈老总的建议多好啊，你还犯什么傻呀！你看他出了这么多书多好啊！老曹，你听他的！出吧，我给你当第一读者！"

曹进堂似乎还有些发蒙："行，我想想吧！"

一个人，写一本好书，传递正能量，为培育或构筑社会主义核心价值观，传播健康有益的文化知识，提高民族素养，从而激发正在为实现中华民族伟大复兴中国梦努力的亿万人民群众的斗志，是何等有意义的好事！老曹啊，你写了那么多好文字，却没有想到出书，你和那些沽名钓誉、处心积虑，甚至雇用写手代己出书的贴金者，是何等的泾渭分明！

几天后，他说他听我的劝告，着手编他的书了。又过了几个月，他送来了小样，并又给我派了活：撰写序言，非你莫属！又是命令式！我只能应允。之后，我以《孜孜不倦的歌者》为题，为他的《春华秋实——曹进堂文集》写了序言。这是一部鸿篇巨制，洋洋洒洒，分为上下两册，总字数竟达七十四万！在总共五百多篇的各类文章中，直接写到法制内容的就有二百六十四篇。在我看来，他的书堪称一部经济法制及其新闻的专著，不禁令我拍案！

在此后的一段时间里，我以为他了却了出书事，该休养生息了吧。不料，他并未"善罢甘休"，又开始了一本新书的写作。就在他的文集出版后的第三年，即2017年，他又出版了四十万字的长篇《人生三杯水》。他在书中写到，他曾为《中国法律年鉴》《中国商业年鉴》撰文二十多万字，并与同事合著出版了《法律时效指南》《商业实用法律答疑800句》两部法律专著，共计五十余万字。他那不泯的初心、执着的追求、鲜明的个性、激扬的文字，淋漓尽致，跃然纸上！"我这个半路出家的半个法律人，法律法规、经济法制新闻和写作，伴随了我从20世纪80年代初至今的整个人生！别的不敢说，但我脑子里法律和法制这根弦，一直绷得很紧很紧，从未松过！"他像对我表白，又像自言自语，在平淡中袒露着心声！

"别的方面呢？还有没有你不能忘记的东西？"我故意反问他。

"噢，这你不用问。我取得的点滴成果，绝对要感谢你！感谢你们《中国法制报》和改名后的《法制日报》！还有我老是忘不了并且非常喜欢的那个陶然亭公园！就是在那里与你和你的同事相识相知、与你们报纸结下不解之缘的！你们为我提供了发表文章的重要平台，而且对我们部门的工作帮助太大了！不过遗憾的是，那次到陶然亭公园，我没时间、没心情去欣赏那桃红柳绿，还有那一池碧绿的湖水！"

此时，我才听到他感慨起来，觉得他也浪漫起来了。

岁月静好，往事如歌。陶然亭，你陪伴并见证了《中国法制报》创办早期的艰难时光，以及一代法制报人的追求和快乐！一路走来，直到今天，报纸从小到大，成长为今天的中央主要新闻媒体的《法制日报》！

陶然亭，你曾是一座古代文人墨客相聚切磋、抒发情怀、吟诗作对之名亭，留下了多少佳话名篇！你可曾知道，多少年后，你又成为一代年轻的法制新闻人与曹进堂先生这样并肩作战的法制新闻战友相见、相识乃至成为忠诚战友的"接头"之处，成为他们携手为推进社会主义民主法制建设，尤其是经济法制新闻事业发展的一个曾经的前沿阵地！

陶然亭公园，在新时代的此时此刻，当我再度踏入你的园区，眼前那既熟悉又陌生的一切都令我触景生情，浮想联翩！往事历历在目，感慨犹如泉涌！

陶然亭，我心中的亭！我为你陶醉，为你欣然！我知道，今天的法制日报人，包括和我们并肩奋斗过来的、谦称自己是"半个法律人"的曹进堂先生等同人，仍在以你作为曾经的一个出发点，正在习近平新时代中国特色社会主义思想指引下，迈着矫健的步伐，在依法治国的征途上奋然前行，谱写着一曲曲更加嘹亮、更加高亢的法制新闻乐章！

陶然亭，我心中的亭！曹进堂，好一个"半个法律人"！

（原载《法治周末》2019 年 10 月 10 日）

Part 2

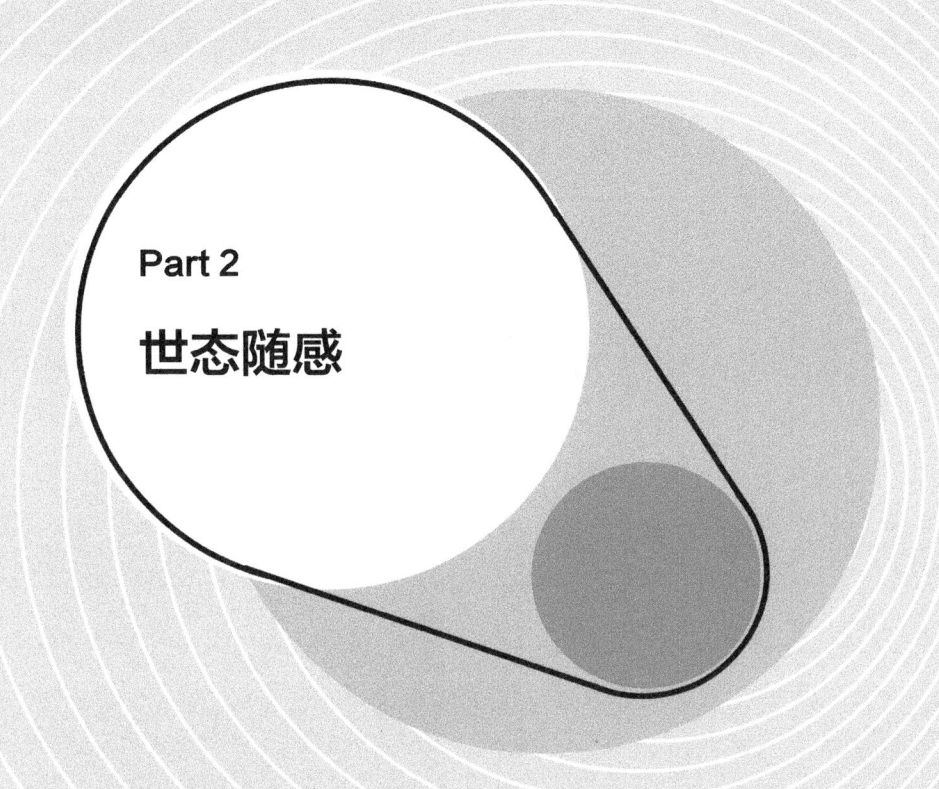

世态随感

唯实最值钱

十月的北京，正是高等教育自学考试的大忙季节，许多考点都悬挂着横幅，门庭若市，人头攒动，气氛好不热烈！

我敬佩这些参考者。他们中有许多年轻人，还有为数不少的中年人。他们求知欲强，在由于种种原因未能进入正规高校学习的情况下，对知识的追求仍然如饥似渴；他们锲而不舍，坚持业余学习，表现出了积极进取的高尚情操。自学考试不仅对自学考生本人大为有益，对于提高全民教育水平、提高民族整体素质、造就更多优秀人才、促进国家物质文明和精神文明建设也大为有益！

在考点外面，笔者遇到了几位参考者。闲谈之中，感觉他们看重的不是一纸文凭，而是真实的知识水平和工作能力。他们为获取更多的就业和生存机会，希望通过自学考试这个途径不断充实自己，从而充分体现个人价值。这种精神境界很高，也十分宝贵。

文凭是一个人所受教育和所学专业的凭证，但并非能力和知识水平的唯一证据。有些人有文凭，有凭有实，名实相符；有些人拿着高文凭，水平和能力却平庸，文凭实际上成为一纸空文。有些有文凭者经不起实际工作的检验，文凭的作用无以显示；而有些无文凭者，却能凭借个人的刻苦钻研和不懈努力，达到甚至超过有文凭者的能力和水平，这类例子古今中外不胜枚举。所以，我们一向重视文凭却又不唯文凭。

笔者前不久曾参与一单位的外语人才招聘活动，应聘的两位外语专业硕士毕业生竟未能竞争过一位外语大专毕业生，这件事从一个侧面再度表明，无论有无文凭，最根本的一条是要看你的知识和业务能力及水平，这才是至关重要的。

　　经济学家樊纲在南方做讲演时曾提到过个人成功的诸多原因，他特别强调要"打好基础"。在世界数学家大会上，我国一位著名数学家田刚也语重心长地说，"基础最重要！"田刚在南京大学数学系四年学习期间，不怕苦累、持之以恒，竟演算了上万道数学题。这说明只有把基础夯实夯牢，今后才会有所造诣。

　　学习知识、打好基础，首先要有志气。既然决心充实自己，就要有百折不挠、一往无前的精神，不为任何诱惑和干扰所动。平常人们所说的"有志者事竟成"就是这个道理。有志气，就要有毅力。凡事不会一帆风顺，其中必有坎坷，因此必须坚韧不拔。车尔尼雪夫斯基说过："只有毅力才会使我们成功，而毅力的来源在于毫不动摇，坚决采取为达到成功所需要的手段。"这手段是什么？就是不息的奋斗。天下唯有不畏艰苦而拼命奋斗的人，才能到达成功的顶峰！

　　时代在发展，社会在进步，人们要具备越来越高的文化水平，这是毫无疑义的。问题在于某些人把谋取高学历看得过重，但又不愿付出艰苦的努力，以致产生了一批弄虚作假、拿钱买学历的人，最终害人害己。由此，听了几位自学考生的谈话，让我不禁肃然起敬，由衷敬佩！

　　许多有识之士直言不讳地指出：现在社会上某些部门的有些人过于浮躁。这话切中时弊，一针见血。不知一些人从哪里学来的，图虚名、讲假话，把我党求真务实的优良传统丢失殆尽。有些人不是想怎样下一番苦功夫打好基础、学得一身真本领，而是百般投机取巧，企图不劳而获，一味地往自己脸上贴金，到头来只能是竹篮打水一场空。

　　高楼万丈平地起。地基是百年大计，这是最朴素的道理。一位有高学历却无真知的人，设计不出高水准的大楼，空有高学历；而那些没有高学历，却在实践中刻苦努力、坚韧不拔、掌握了过硬本能的人，却能作出不平凡的贡献，哪种人才更有价值呢？

（2002 年 12 月）

争做打假斗士

众所周知，现在假东西层出不穷。有人说，除了人没有假的，什么都有假的。其实，冒名顶替，假冒身份的例子还少吗？假东西甚嚣尘上，搅得昏天黑地，真假难辨，人们叫苦不迭。

假货充斥市场，给人们的正常生活甚至生命财产造成重大损失，严重扰乱了社会主义市场经济秩序。从各地披露的案例看，造假恶行手段多端，令人发指，造成的恶果罄竹难书。

《红楼梦》有诗云："假做真时真亦假。"今天的造假情况何尝不是如此！曾有个朋友对我说，一次，他到一家名牌卷烟厂参观，厂家请他品尝刚生产出来的香烟，他抽后觉得和平时在市场上买的同样品牌的香烟味道迥然不同，并且很不习惯。这是怎么回事？原来这位先生抽惯了假烟，习惯了假烟，真烟反倒抽不惯了。这是多么苦涩而使人啼笑皆非的现实！

近年来，许多企业和生产厂家为了防止假冒，费尽九牛二虎之力，包括运用高新科技手段防假，但总是力不从心，假货照样横行。对于一个吸烟者来说，如果仅仅是香烟味道不适应，短时间内也许还不易表现出极大的危害性，但如果因饮用假酒或服用假药受到伤害甚至死亡，那问题的性质就非同一般了。近日又听说国家刚刚发行的新人民币，广大群众还未见到，假币就已出现，这是多么令人心惊肉跳的事！这会给国家造成多大的危害，又会在人民群众心理上造成多大的精神压力，给新版人民币的有效发行设置多少障碍，给经济秩序造成怎样的混乱？想起来实在可怕！对这些造假现象，善良的人们真是不敢多想。不仅如此，造假现象屡禁不止，在某些时候某些地方的恣意泛滥，必然会影响党同人民群众的鱼水关系，在政治上更是造成极其恶劣的影响。可见造假多么可恨！

种种事实表明：造假危害极大，祸国殃民，一日不除，国家经济生活不宁，人民生活不宁。

多年来，党和国家投入了大量人力物力，并运用法律手段，不停顿、不知疲倦地持续开展了全国性的大规模打假斗争，取得了显著成果。这是大家有目共睹的，是无可争议的事实。但是，为什么假冒伪劣商品边打边出，屡禁不止，在有些地方、有些行业甚至愈演愈烈、变本加厉呢？许多地方的情况告诉人们：造假者"后台"很硬，打击手段奈何不了他们。

一些造假者拉关系、找后门、托人情，使"后台"骨酥心软，对造假者睁只眼、闭只眼，上边打得紧就打一下，而且主要是做做样子，敷衍上边；打击行动一过，一切照旧。一些造假者送钱送物甚至送人，投某些地方头头所好所需，大肆行贿，有了厚而大的保护伞，他们就有恃无恐、肆无忌惮。

如是观之，假打得了吗？打假能打到底吗？人们不得不发出如此的疑问。

问题已再明朗不过，我们痛恨那些疯狂的造假者，我们痛恨造假者给国家和人民群众的生命财产造成的严重损失，我们渴望整治好国家的市场秩序，让社会主义市场经济健康有序地进行，不断推进社会主义现代化建设事业的发展，所以，打假既是老问题又是新课题，既是长期斗争又是紧迫战役，既要端窝点抓源头，又要打幕后支持者、黑后台和黑靠山！

打假的艰巨性告诉人们"打假需打人民战争，人人都要为维护国家利益和人民群众的切身利益而奋勇上前，争当打假斗争的斗士。唯有发动群众、依靠群众，打一场群众战争，才能使造假者遭受灭顶之灾。只有把保护伞拆掉，造假者才会从根本上绝尽，才无法再兴风作浪！打假斗争任重道远，我们当积极参与，人人喊打，争当打假斗士！"

（2001年11月）

何须大打出手

许多民事纠纷案件的起因并不复杂，只是在纠纷过程中，当事人之间由于争吵等原因，使纠纷不断升级、矛盾不断激化。尤其值得注意的是，有时矛盾激化的直接原因，已经不是纠纷的本因。

试举一例：一个人不知何故，把面包车直接开向一地下停车场的出口处，而此时正有一辆小汽车从出口驶出，险些相撞。正常驶出的驾车人下车与迎面驶来的驾车者理论，指出这样做极其危险，今后一定要注意。当然情绪可能有点激动。这时，从面包车上跳下两名年轻女性，气势汹汹地指着对方说，不是没撞着吗，你要怎样？正常驾车人是位长者，十分克制，仍在问，你们这样开车危不危险？错不错？而她们，包括驾车的男司机也下来，一齐对准长者"开火"，并且出言不逊，有一名女性甚至张口骂人了。长者气得发抖，连说你们没文化、没教养。但那几个人毫无认错之意，仍吼声不断，骂声不绝。那长者一看无法说清，"甘拜下风"，驾车走了，才算了事。其实，这问题的对错十分清楚，三个年轻人，哪怕其中有一个人能理智些，承认这样开车危险，向长者道个歉，事情也就了结了。但问题在于，三个年轻人没有一个认错，也没有一句表示歉意的话，好像如果两车相撞，只是对方受损伤，而他们可以安全无恙似的。这样背着牛头不认账、胡搅蛮缠、反咬一口的劲头，让人看了很不舒服，确实如那长者所说，他们太没文化、太没教养了。这场小纠纷只是由于长者的克制，才没使矛盾激化。

同类的情形，自然还有矛盾激化了的。比如，一次，笔者见两个人在街上行走，一个人不慎碰了另一个人一下，碰人的人没有道歉，双方发生口角，互相谩骂。这时两个人已不说"你干吗碰我"了,而变成了"你骂谁?你再骂",直至愈骂愈烈,动起手来,打得头破血流。旁观者看得清楚,当时碰了别人的人只要道个歉,可能什么事都没有;被碰的人如果忍让一下,也可能就没事了,何以造成大打出手的局面,不但双双进了派出所,身体还受了伤,值得吗?可是有些人就是会人为地把小事闹大,甚至闹出人命。这样的例子不胜枚举。

中国是文明古国,礼仪之邦。互相尊重、互相礼让、以和为贵、己所不欲勿施于人,这些都是中华民族的传统美德。但是,不少人,尤其是一些年轻人,忘记了或者压根没有继承这个优良传统,以至于造成很多无谓的纠纷和伤害,真是得不偿失。

国家要兴,人要文明。党和国家极其重视社会主义精神文明建设。江泽民总书记更是高瞻远瞩,提出了依法治国与以德治国同时并举的治国方针。这个论断是具有深刻的现实意义和深远的历史意义的。毫无疑问,在一个不讲道德、不讲文明的野蛮国度,是不可能建设起一个物质文明和精神文明高度发展的社会的。随着我国教育事业的发展,越来越多的人得以受到良好教育,人们,特别是年青一代的文明程度肯定会不断提高,整个社会的文明程度当然也会提高。正如邓小平同志指出的,根本的问题是抓教育。

北京市的领导同志一直强调市民要改掉诸多不良习惯。这既是办好2008年奥运会的需要,同时也是建设文明北京、实现长远发展的需要,是抓到了点子上。每个人都应该响应市委号召,从我做起,从一点一滴做起,做个文明的北京人和中国人。

任何一种好的社会风气的形成,光靠领导强调和少数人的努力是不行的。必须调动人民群众的积极性,必须大家一起行动,尤其要形成一种社会公论、一种社会风气、一种社会环境。正如前边所举的例子,在争执发生后,许多人上来围观,却没有人或少有人出来劝阻、说服、平息事态,更无人站出来说句公道话,以至于眼睁睁地看着矛盾激化、事态扩大。这种坐山观虎斗甚至为虎作伥的做法,是与文明市民的要求格格不入的。

现在,许多地方的人民调解组织日益发展,而且调解纠纷的水平和质量也日益提高，化解了许多人民内部矛盾。这无疑是新时期解决人民内部矛盾的有效途径。但是，倘若所有人都能严于律己、有错认错、知错就改，不强加于人，不无理搅三分，不使纠纷升级、矛盾激化，人人互相尊重、互相礼让，凡事多想自己的不对之处，多为对方着想，不产生纠纷或使纠纷消灭在萌芽状态，共同创造一个和睦相处、文明舒畅的社会环境，对事、对己、对国家的长治久安、经济发展都有益，那该多好！

（2002年2月）

亲兄弟不可不勤算账

本来是不分彼此，情同手足的合作伙伴，到头来却成为势不两立的仇敌，针尖对麦芒，不让分毫；唇枪舌剑，乃至于动手伤人，矛盾似不可调和。

两个人的关系何以突然发生一百八十度大转弯？细细考究，答案昭然若揭：当初共商经营大计，精诚合作，渡过难关，终得胜果。而后来，随着事业的发展、财富的积累和分配，在利益面前开始计较得失，直至互不相让、发生争端，协商未果，于是翻脸，往日情谊荡然无存。也就是说，双方当初可以共同艰苦创业，日后却不可共享所得成果，这就应了那句大家常挂在嘴边的话：只有永恒的利益，没有永恒的友谊。这且不论，单说解决双方矛盾，通过行政调解也好，通过法律手段也好，但难在双方当初合作仅凭哥们儿义气，合作过程中未依法依规签订相应的合同或协议，要解决矛盾，完全没有事先约定的条款作为依据，即使司法机关介入，也因无根无据难以办理。在这种情况下，往往会使双方的矛盾激化，并有可能导致不冷静的行为，酿成严重后果。

亲情和友情，是人与人之间最值得珍惜和维系的关系，但在现实中，它们却无法替代金钱往来中的利益关系。感情属于意识形态的范畴，是构筑于经济基础之上的。为争夺家产，父子、兄弟姐妹反目成仇，甚至互相残杀的案件不乏其例。可见，空泛地、简单地、一般地讲亲情与友情是可以的，而且就中国人的传统观念而言，是相当注重亲情与友情的。但是这种亲情与友情是以经济利益一致或不涉及根本经济利益为前提的。一旦发生经济利益分配上的矛盾与冲突，亲情与友情的和谐大堤就会陡然决口，直至形成难以调解和不可收拾的局面。

如何避免或解决这类矛盾和纠纷的发生？唯一有效的办法就是凡事依法而行。也就是说，兄弟姐妹也好，亲戚朋友也好，在彼此发生经济关系的时候，绝不能以亲情、友情代替法律法规。双方关系越是亲密，越应把"丑话"说在前面，越必须依法签订完善的经济合同，把双方的权利、义务通过法律的形式固定下来。一旦发生争执，就可依照法律规定，通过法律手段妥善解决，以有效保护当事人的合法权益，避免矛盾激化，减少经济损失。在这个问题上，任何人都不应存在侥幸心理，盲目自信。常言道，亲兄弟也要勤算账，就是这个道理！

市场经济就是法治经济，这早已成为共识。任何性质的经营方式，即使是亲朋好友共同开办的私营或民营企业也不能例外，都应依照《经济合同法》签订并切实履行经济合同，将当事人之间的权利、义务关系用法律的形式确定下来，并共同信守；如有变更，应依法办理，不可随心所欲；一旦发生争执或纠纷，司法机关将依据事实和法律进行裁判。在法律面前，大家一律平等，大可不必大动肝火，不必大打出手、不必铤而走险，冷静对待，息事宁人。

有人可能碍于情面，觉得既然是亲朋好友，不愿意对簿公堂。这种观念必须打消。须知，依法妥善解决争端，彼此心服口服，双方当事人的合法权益受到尊重和保护，那才是对亲情、友情最好的保护。高高兴兴合作，快快乐乐分利，各得其所，不亦乐乎？双方不愿继续合作了，也可和和气气分手，清清楚楚分账，日后大家还是亲朋好友，往日合作多么值得怀念？在社会主义市场经济的大潮里劈风斩浪，再显身手，必要时，还可以互相"拉兄弟一把"，这该是多么美好的一种情景！

当然，除了彼此之间的法律关系问题，在导致发生上述类型的纠纷，以至于矛盾激化的原因中，还有道德的一面。常言道："君子喻于义，小人喻于利。"有的人平时好像很重感情，可到了关键时刻，在利益面前就会变成另一副样子，别人拿他又有什么办法呢？所以，我的结论是：哥们儿义气靠不住，最可靠、最保险的是法律保障和依法行事！用法律为你的经济活动保驾护航，铺路架桥，最为有效、最为安全！据此，我还要再说一句：亲兄弟也要勤算账，搞经济必须依法而行！

（2020年3月）

不要"开会迷"

"开会迷"一词,我最早是从苏联的伟大诗人马雅可夫斯基的一首著名讽刺诗《开会迷》中知道的。诗人以辛辣的笔触,怒不可遏地揭露和嘲讽了那些只知整日开会、同时要开几个会,甚至幻想能有分身术、奔波不已的低水平的官僚的窘态。这首诗是我少年时代读到的,但一直无法忘记,也多次朗诵过。

时代发展到今天,党中央审时度势,三令五申,要求减少文山会海,特别是对各类会议,开与不开、开多大规模、开多长时间、多少人参加等,都规定得极其详尽。从中不难看出党中央的决心大、措施到位,听了看了真觉解渴,并为之拍手叫好。然而,时至今日,如果我们看看电视、翻翻报纸,会议报道仍然连绵不断,而且照样占据着主要时段和版面位置。这就不能不使人忧心忡忡,担心党中央的精神得不到很好的落实。

说实在的,任何国家,任何地方,任何组织,都不能不开会。因为许多事情得经众人商议,以便理顺和处理好各种关系和矛盾,取得共识、集思广益、统一行动。由此可见,开会本是一种解决问题的正常现象和工作方法,无可非议。但是有的人、有的部门却把开会当成解决问题的唯一方法。在他们看来,不开会不能办事,大事小事都得开会才能解决。于是乎,在一些地方、一些干部当中,会、会、会,开、开、开,会议成海,会议成灾。不仅消磨了许多大好时光、耗费了大量资财,而且形成了很坏的社会风气,损害了干部的形象。群众对此意见很大,怨声载道,许多媒体也叫苦不迭。

那些终日在会海中不能"上岸"的干部,久而久之,意志消沉,能力减退——因为不开会不会办事了。不是常有这样的情况吗?一些机关年初部署全年工作，其主要内容就是安排几个会议。也就是说，所谓全年工作，无非就是几个会议：会务准备，起草文件，会议安排，会议总结。不变的程序，僵化的模式，人都成了简单的机器，何谈创新与科学？这样以会代干的工作方法，怎能适应今天火热的改革开放的新形势？怎能使工作生机勃勃、显示实效？再往深里说，我们培养一个干部，特别是优秀干部很不容易，如果他们都成为开会迷，离了会议就束手无策，那该是多么令人失望、令人痛心的结局？我们的事业该怎样更快地前进？

我以为，落实中央精神，解决文山会海，特别是刹住会议风的问题，恐怕仅停留在一般要求和号召上还不够，必须有硬办法，也就是说，必须彻底改进我们干部的思想作风和工作作风。其中，要对减少会议的问题提高认识。认识什么？认识到光靠开会、纸上谈兵，不能解决实际问题，必须把不必要的会议减下去，让广大干部在实际工作中解决问题、办好实事。干部必须做到敢于负责、善于负责、集体领导、分工负责！

然后，应该要求我们的干部重新学习和发扬党关于深入群众、不尚空谈、深入实际、调查研究、密切联系群众的优良传统和作风。姑且不论战争年代，单说新中国成立初期和20世纪五六十年代的干部，哪有什么车子坐？许多县级干部都是靠自行车或者步行，坚持常年下乡、走村串户，走到哪里就和群众在一起，问生产、问生活，发现问题及时解决；事先也没有一定住处，走到一个地方，天黑了，就到老百姓家借住，对群众的要求、人民疾苦、社情民意了如指掌。于是许多问题迎刃而解，干群心心相印，血浓于水，亲密无间，那是多么令人回味的情景！干部深入实际的时间多了，"浮"在上面开会的时间自然就少了；下情了解得多了，解决起来自然就快捷得体了；和群众在一起的时间多了，干群直接沟通，不要那么多文件了，彼此的关系自然就融洽了，干部就可以少犯官僚主义错误、少搞不正之风。这该是一举几得呢？

所以，减少会议不是个简单的不开或少开会的问题，其实质是我们能否真正转变思想作风和工作作风的问题。必须从治本上入手，才能彻底解决问题！

（2020年4月）

应酬多与血脂高

一则有关降低血脂的药品广告，内容颇令人深思。

广告词说：我职位高、压力大、应酬多、血脂高。用此药，即可达到降低血脂、增进健康之效。药效究竟如何，是否如广告词所言，恐怕只有生产厂家和使用者能说明白。但我却对这十几个字的广告词颇感兴趣。

何以至此？因为，按照广告中这十几个字的逻辑关系理解，"职位高"者肯定"压力大"，"压力大"者肯定"应酬多"，"应酬多"者自然就"血脂高"。

从形式逻辑上看，这十几个字是层层递进、环环相扣、互为因果的。但细细咀嚼，仍难解其中之味，不禁生出许多疑窦：职位高者就一定压力大？恐怕不可一概而论。现实生活中确有不少职位高的领导干部工作压力大，但不乏干得潇洒自如者，他们并未感到压力多大。可见，职位高责任就大不假，但并不能因此就说压力大。除非他遇到了什么不测或有什么不轨行为，产生了心理压力。再往下看，是说压力大就应酬多。这里所指的"应酬"是什么？显然首先说的是吃喝。别的方面呢？如出席会议、会见客人、接待来访、看望病号……都不在话下，但这些应酬怎么会导致血脂高？前后有何种必然联系？都不能不引人深思。所以，我的理解，这组广告词中所言的"应酬多"，当主要指饭局多。酒席多了、吃喝多了、营养过剩了，因此血脂高了，这才合乎逻辑。

广告词自有广告词的架构和写法，有其自身的内在规律，况且我在此也不是探讨广告词的写作技巧，更无意对这组广告词评头论足。我只是从中受到启发，引起一些联想，即我们的干部既然由于应酬多造成了血脂高，损害了身体健康，为什么不能少一些饭桌上的混吃海喝、推杯换盏呢？干吗存心和自己的肠胃过不去呢？如果这种应酬少些，不仅有益于职位高者的身体健康，使他们少患"血脂高"，还可以净化社会风气，刹刹久遏不止的吃喝风，有利于干部改进工作作风，让他们可以拿出更多的时间深入基层调查研究、解决实际问题。这不正是党和人民期待和要求的吗？

国外有一个成功的大企业家讲过，他聘用人时，与应聘者共进晚餐是最主要的考察手段。在他看来，一个人的言谈举止、应变能力、待人接物等各方面的素质，皆可在饭桌上表现与发挥得淋漓尽致。是的，的确有这样的经验之谈。既然这被实践证明是发现和考察人才的方法，我们当然不妨一试。但现在的问题是，大小酒宴，高朋满座，一掷千金，有几个是为发现和考察人才而设的？一些官员倘若真是为此目的而"血脂高"了，那倒应该大书特书这种一心为公、舍生忘死的崇高精神了。

"遍身罗绮者，不是养蚕人。"古诗如此说。我们可以借用此诗，诌一句"终日酒肉者，不是干事人"。为了一顿酒席舍身忘我，以至于当场醉倒、醉死者还少吗？有人说自己十分惜命，可是在酒席宴上，他们怎么恰恰忘了自我、忘了性命呢？有的人身体本来就有病，不宜喝酒，但挡不住诱惑、禁不住美言相劝，为了"弘扬酒文化"，他们欣然"立地成佛"，大有"慷慨就义"之势。

说这是某些官员的豪爽之举，不如说是一些人的自我放纵。他们无所约束的行为不仅有失个人体统，而且造成了严重的不良社会影响，也是滋生腐败的温床。其危害岂止是个人的"血脂高"？！

亲朋好友，包括同事之间吃顿饭、喝点酒，以示友情和关系融洽，或为某些喜庆之事一聚，既是人之常情，也在情理之中，无可厚非。我们共产党人最讲人情，最富人情味，但对于那些纯属不正之风的吃吃喝喝，尤其是公款消费，难道不应反对和禁止吗？但愿我们少一些广告词中说的"血脂高"吧！让我们的社会和人际关系更加纯洁清爽，让我们的身心更加健康吧！

（2002年5月）

拿什么唱歌

吃饭用筷子，唱歌用嗓子。这是最简单的道理。但唱歌与用筷子毕竟不是一码事。就唱歌而言，也不是有嗓子的人就会唱歌，会唱歌的人就能唱好歌，唱好歌就能成为歌唱家，成为著名歌唱家的更是凤毛麟角。但事情总不是那么绝对。有人本身嗓音不是最好的，却当上了著名歌唱家。这是为什么？其实道理很简单：唱歌好坏不单凭嗓子，还必须具备相关的其他条件。比如，嗓子好，但五音不全，不但当不了歌唱家，连唱准的一首歌都谈不上；再如，嗓子好，但文化水平很低、知识面很窄，理解不了歌曲的内容、意境，只是一味地唱，表达不出歌曲要表达的情感，同样不能把歌唱好。如此种种，不一而足。由此可见，中央电视台在青年歌手电视大奖赛中加上综合素质测试的内容，实在是重要之举，可以说抓到了点子上、抓到了根子上。这既是一种宣示，也是一种导向，受到荧屏内外的一致肯定。

近观中央电视台第十届青年歌手电视大奖赛业余组比赛，感慨颇多。一方面，感到歌手们水平普遍有所提高，参赛积极性高、认真投入，有的歌手的水平已不亚于专业歌手，令人欣慰。另一方面，综观全部比赛，给人的印象是水平一般，突出的、超群的、有个性的、给人印象深刻的歌手寥寥。尤其是使人觉得许多歌手其实不是在唱歌，而是在搞模仿秀，进行着机械的、表面的照搬，而实际上既未能"仿真"，也看不出歌手自身的优势和特点。

这且不论，单说歌手们在综合素质测试中表现出来的无知、尴尬与无奈，就令人心焦、咋舌。依我看，题目没有刁钻的、生僻的、怪异的，大多为常识性的、生活化的、大众化的。但在众多歌手面前却仿佛都变成了天外之物。譬如，有的歌手竟不知京广铁路途经的主要省、市；说不出京杭大运河的起止地；说不出《诗经》分为风、雅、颂；有的不知香港特别行政区回归的年月日，不知其特别行政区特首为何人；有的居然不知道长笛与竖琴，而将它们说成是笛子和古筝——那在电视屏幕上演奏的明明是西洋乐队，何来中国古乐器？歌手本身是追求音乐的，竟连普通的中外乐器都不认识，对简单的音乐常识都摇头，其艺术知识、艺术修养又从何谈起？靠这样浅而又浅的文化和知识底子，如果能把歌唱得声情并茂、动己动人，就不可思议了。

诚然，我们不可能要求这些年轻人对所有问题都答得上来，任何一个人不可能事事皆通，就连先生都说，可能有些题自己也会"发蒙"。但问题在于，歌手们对实在是应知应懂的东西说"不"，就显得太不得体了。

由此我又想到，这些歌手年纪轻轻，且有不少还是在读学生，他们处于今天这个知识和科技高速发展的时代，理应知识面宽，涉猎广泛，何以如此孤陋寡闻、一问三不知呢？我们的学校不是有地理课、历史课、语文课吗？是他们没认真学，还是什么原因？否则，何以有的歌手连东南西北都分不清楚？有人说他们临场紧张，这话不假，但只要知道东南西北，再紧张也能说得出。可见，不可以一个"紧张"了之。

搞音乐是不容易的。它要求歌手除有好嗓子的天赋，还必须有丰富的知识、深厚的综合素养。他最终是要拿这综合素养去唱歌、唱好歌的，切不可有投机心理，拈轻怕重，以为只要嗓子好就能当歌唱家。

大家知道，在国外，像巴西、韩国、日本等足球发达国家，其球员都是大学在校生。他们看重身体素质、足球悟性和受教育程度等综合素质，球员不仅用脚，更是用脑在踢球的。如果只会奔跑、胡抢乱撞，能当球星吗？我以为，这与唱歌是一个道理。

青年歌手电视大奖赛是一个收视率很高的节目，是一个当代青年展示风采的绝好机会。对广大观众而言，听歌、看测试既是愉悦身心的机会，也是修身养性、增长知识、感受生活的难得机会。比赛给我们许多陶冶，更给我们许多启迪。难怪有人要求将测试题目及答案出书,供大家学习。为拿这些知识而去唱好歌的人是少数,拿来提高自身素质的却是最大多数。这个意义已远远超出大赛本身了。

(2002年7月)

话说提高素质

"素质"一词，已是挂在许多中国人口头上的常用语。但凡看到有损社会公德或不文明的行为，都会被人们冠以"素质太差"。这是人们认识提高的表现，蕴含着尽早提高全民素质的深切愿望。

何谓"素质"？理论家自有定义。但我想，对于广大寻常百姓而言，不一定非要学究式地咬文嚼字，从学术概念上来个严格界定，因为几乎所有人都明白个中含义、均解其中之味；还因为"素质"不是空的，而是再实在不过、再具体不过的了，弄玄了反而令人心烦。比如，笔者曾与一些人出国访问。其间，有人随地吐痰，乱丢烟头，在公共场所大声喧哗；还有人购物付款时不排队。近闻，中国许多出国旅游者在国外有许多不文明行为，受到外国人的非议，一些媒体也在炒作。应该说，这些行为归根结底是素质不高的表现。

毋庸讳言，东西方文明之间有其差异，但在遵守社会公德、注重现代文明等诸多方面还是别无二致的，譬如，讲究卫生、遵守交通规则、礼貌待人、说话文明、反对宠物满街遗矢等。由此可见，在这些方面我们是完全可以相互借鉴的。不少人出国之后，对外国的文明程度、外国人的素质水平津津乐道，觉得开阔了眼界、受益匪浅，促进了自身素质的提高，这是顺理成章的。但也确有一些人对自己素质的不高不以为然，甚至有些不以为耻、反以为荣的人，继续我行我素，这就不仅大失水准，而简直有点"对着干"的味道了。为什么现在有些规定难以执行？如买票排队，这是最常见的事，但就是有人不遵守，哪怕只有两三个人，也挤得乱哄哄；再如，一些公共服务场所设立了一米等候黄线，但实际上认真遵守的人并不多。到头来，这些维护社会秩序的规定，只能形同虚设。

党中央早就明确提出，社会主义的物质文明与精神文明建设要一齐抓。多年以来，我国在社会主义精神文明建设方面做了极大努力，也的确收到了很大成效。对于提高全民素质，人们都认识到，要在提高认识的基础上从我做起、从现在做起、从点滴做起。这是很可取的。但问题在于，总有一些人对此无所谓，并未引起思想上的重视，反而认为这是小题大做，会弄得人人循规蹈矩、不知所措。这实际上是在为自己素质不高而又不愿自觉提高寻找借口。

借口之一：别人都那样，光我一个人讲文明何用之有？什么时候大家的素质都提高了，我再提高也不迟。其实，别人都在努力提高，只是自己没有行动起来。这种借口是完全站不住脚的。

借口之二：冰冻三尺非一日之寒，不可操之过急。这话不无道理。事实上，哪个人也没试图一朝一夕提高素质，但是能做到的事不去做，甚至明知故犯，恐怕也不能以不可操之过急为由自我谅解吧。说穿了，这是一种不准备自觉、主动提高素质的挡箭牌。

借口之三：认识到自己要努力改掉不文明行为，提高素质，但积习难改，约束不了自己。这种情况的发生在所难免。毕竟，养成一些好习惯是需要一个过程的。但不能以此为由放任自己、纵容自己，为自己开脱。一位名人说，一个人的良好习惯乃是人在其神经系统中存放的道德资本，这个资本不断地增值，而人在其整个一生中就享受着它的利息。所以，我们每个人都要下决心养成良好的习惯，改掉不良和不文明行为，人的素质也就随之提高了。如果一味地观望等待，或者光说不做，甚至找各种借口推脱，那提高素质只能是一句空话。的确，从改掉旧习惯到养成文明好习惯，从强制推行好习惯到自觉养成好习惯，不可能一蹴而就，这需要时间、需要过程，需要循序渐进，但怕的是不动不做。第十七届世界杯足球比赛期间，前去为国足助威的中国球迷有几万人，表现极好，受到主办国及各界人士好评。为什么他们能做到的我们做不到？关键在于做不做，真心做还是假装做。

中华民族的伟大复兴需要经济的腾飞,更需要整个民族素质的提高,我们任重道远!

(2002年8月)

新任省长的"三盆水"

一位新上任的省长在接受媒体采访时,坦言自己上任伊始,不是急于点好"三把火",而是先给自己泼出"三盆水"。一盆泼在头上,为的是保持头脑清醒,日后不当糊涂官,要当明白官;一盆泼在手上,是要濯清双手,警示自己别当贪官,要当清正官;一盆泼在脚上,是为激励自己勤奋努力,不当懒官,要当勤快官,这"三盆水"泼得耐人寻味,泼得启迪心智。

作为一省之长,工作千头万绪,日理万机。如何在复杂纷纭中保持头脑清醒、方寸不乱,坚决按中央指示精神牢牢把握大局、指挥若定,使各项工作井然有序,实在不是一件易事。尤其要做到顺利时不忘乎所以、困难时不沮丧灰心,始终保持昂扬斗志,脚踏实地、沉着应对,的确需要一副清醒的头脑。可见,这位省长给自己泼的是一盆清心水,无疑极为重要。

清正廉洁早已不是什么新鲜话题,但是从一些腐败分子或犯错误的干部的教训中,人们看到,有些领导干部在上任初始阶段尚能努力工作,也在某些方面取得了一定成绩。但随着时间的推移,"三把火"过后,就开始忘乎所以,忽视政治学习,放松了严格要求,尤其经受不起或抵挡不住腐败之风的侵蚀与诱惑,以至于一步步陷入泥潭而不能自拔,最终走向反面。这位省长对此保持高度警惕,反腐警钟长鸣,所以一上任,就警示自己任何时候双手都要干净,这就从思想上筑起了一道拒腐防变的堤坝,给自己泼的是一盆净化灵魂的纯净水。

至于说到当个勤快官,更是具有很强的现实意义。脚勤,就是要经常迈开双腿,深入基层、联系群众,时刻保持与人民群众的血肉联系,倾听群众的呼声，关心人民的疾苦；通过调查研究，掌握第一手材料，使自己避免官僚主义，避免靠拍脑门和凭主观臆断决策，而靠民主、科学和法律决策。一些干部的犯错误或无所作为，正是从懒开始的。这位新上任的省长给自己泼的第三盆水是一盆保持和发扬党的优良传统与作风的连心水！

"三盆水"清清，事业心拳拳，爱民情深深。多好的"三盆水"！它昭示出一位高级干部以邓小平理论和"三个代表"重要思想、科学发展观为指导，牢记"两个务必"，执政为民，严于自律的高尚精神境界。

党的十六大已为我们绘就了全面建设小康社会，创造幸福生活的美好蓝图。要实现这一目标，干部无疑是决定因素。因此，人们对他们的期望值很高。不忘党的宗旨、牢记人民的嘱托、保持艰苦奋斗的作风，是各级领导干部必须具备的条件。相信有这位省长的"三盆水"精神，我们的各级领导干部就一定不会辜负党和人民的期望！

（2002年6月）

最后一个"撤离者"

已是午夜时分，倦了，上床昏昏欲睡。突然，手机铃响了。谁呀？这么晚了还打电话！一看，是一则短信，上面写着："叔叔，我是晓晓，因工作变动，现暂时回成都了，是临时决定，过于匆忙，没啥子办法当面向您汇报，打招呼，真不好意思！我对您心存感激，不管走到哪里，都牢记您的指点和教诲！我不会灰心丧气，会继续努力，用优秀的成绩报答您！打搅您休息了。晓晓。"

这孩子要离开北京了？而且这么突然，还不辞而别！半月前她来看我时已流露出这个想法，说公司经营状况不好，有人已想离开，但她自己还没想好。

晓晓是成都一个朋友的侄女，大学工科毕业，是个个头高挑的漂亮女孩，一年前来北京闯荡，在一家钢铁销售公司当了"北漂"。朋友托我帮忙关照，她便成了我家的一个小客人。这孩子十分勤快，每次来我家，都帮忙干这干那，家人都很喜欢她。她脑子灵，来北京不久，她父母前来探望，一家三口去游览八达岭长城。她想和爸妈合个影，却没有照相机，自己的手机又没有照相功能，怎么办？她急中生智，看到有个外国老头拿着照相机，就上前用不太熟练的英语搭讪，说想请他帮忙给她和第一次远道而来的父母合个影。那个外国老头一口答应，帮她和父母照了相。之后，她又把自己的网址告诉了那位老人，老人答应用电脑将照片发给她。难题解决了，看她多聪明！想必她日后一定会有大的长进。

然而，此时她这个突如其来的决定却令我始料不及。本来，自晓晓来京后，她的两个小闺蜜也先后前来。一次，三个小姑娘一起来我家做客，三个小川妹犹如三朵美丽的小花，屋子里立刻充满了阳光和朝气。

可是，没过多久，在晓晓之后到来的叫扬扬的女孩，虽然在北京做电脑编程员，薪水也过得去，但她作为独生女，耐不住孤独，想家，待不下去了，不听劝阻，死活闹着离开北京返回成都去了。另一个叫冉冉的女孩，是学园林景观设计专业的，在北京面试了几个园林绿化部门，虽然被其中一家聘用了，但觉得一时当不了主力，北方的气候饮食习惯也不如意，思前想后，也打道回成都了。

一次，晓晓哭着对我说，眼下姐三个就剩她一个人在北京了，但她不会后退，一定咬牙坚持下去！我当时很佩服她的毅力和意志，便鼓励她：困难面前不后退，坚持就是胜利，就会成功，就能走出新天地！但是没想到，晓晓也终于耐不住，打退堂鼓了。

如今，晓晓终于成为第三个也是最后一个撤离者，三朵小花先后离京而去，我不禁为她们惋惜，遗憾她们未能继续"漂"下去。但仔细一想，也颇可理解。毕竟她们都很年轻！俊鸟择良木而栖嘛！天地广阔，道路很长，选择适合自己的岗位，才能充分发挥自身的能量，过上想要的生活，或许这才是她们真正的选择！她们不是失败者，不是撤退者，充其量只是换一种选择，无可厚非！说到晓晓的最后撤离，就众多北漂者而言，她肯定也不是最后一个。犹如围城，有的想出去，有的想进来，各有需求，不一而足！但我还是相信，会不断有更多的"北漂"们进进出出！

（2010年2月）

变味儿

我们改革开放，学习和借鉴外国，毫无疑问是学习和借鉴好的、于我们有益的东西。这里有两个重要因素。一是既然是好的于我们有益的东西，就要认真地学好、借鉴好，而不是停留在嘴上，或片面地学习和表面上借鉴；二是学习和借鉴，不能生搬硬套，而必须注重结合我们自己的特点，加以消化吸收。我认为，这两者缺一不可。我们党的三代领导核心毛泽东、邓小平、江泽民同志都曾就古为今用、洋为中用的问题作出过精辟论述，我们必须认真学习，坚决贯彻执行！

目前，社会上有一种不好的倾向，就是不从实际出发，而是自觉不自觉地让原本先进的"舶来品"变味儿，甚至带向反面。比如，众所周知，台球在外国，尤其是在发达国家是一项文雅活动，环境舒适，运动员着装考究，比赛气氛安静、庄重，无论对运动员还是观众来说，都是一种享受。前几年，我们有一些地方的大街小巷，也支起了为数不少的球台，但其目的并不是认真进行有益于身心健康的台球比赛，而是用于赌博。对此，许多人深表痛恶。

无独有偶。近观一些城市的超市，也大有变味儿之嫌。

在发达国家和地区，超市留给人们的印象是货物齐全、环境舒适、安静有序。顾客来此购物，既可满足生活所需，又能感受到一种乐趣和享受。如今，超市在我国城乡纷纷出现，尽管硬件软件还不能完全与外国的大型超市相提并论，但也具有了相当的规模和水准。但令人遗憾的是，一些超市里边乱哄哄的，不仅顾客把物品翻得乱糟糟的，商家也在各自的摊位前不停地大声叫卖，超市成了集市。同时，管理人员太多，每个货架前都配备一两个，且双目圆睁，像防贼一样死死盯住顾客，生怕你有不轨行为，顾客对此感到很不舒服。没有顾客时，这些管理人员就扎堆聊天，张家长、李家短，喋喋不休。这时，超市的概念在人们的心上就大打折扣了。

有一个喝洋酒的故事是大家所熟知的。当有人大杯大杯地连喊"感情深，一口闷"时，在场的"老外"目瞪口呆，而洋酒厂的洋老板闻讯却悲喜交加。他们悲的是大杯豪饮者，焉知美酒之味，喜的是他们可以多卖多赚。

在公共场所，外国人很讨厌高声喧哗，而我们不少人偏偏吵吵嚷嚷，旁若无人。再如过街，外国人即使看到马路上没有车辆，只要是红灯也绝不会横穿马路，而我们的一些人则全然不顾，随意乱穿。还有随地吐痰、乱扔杂物，我们的一些人到了外国，似乎在"尽显英雄本色""一展风采"。谈及出国收获，或像阿Q那样，挑点别国的毛病，来一个精神胜利；或借口国情不同，无法学习，来一个无可奈何。

我想说，本人绝不认为外国什么都好，我们什么都要照搬。但既然打开了国门，大家走出去了，对于外国的好东西，应该借鉴的、于我们有益的东西，不仅应学，而且要学好，如此才能促进我们的进步。如前所说的遵守交通规则，我们每年因为不守交通规则造成车毁人亡的恶性交通事故还少吗？总说警力不足，如果人人都不遵守交通规则，即便配备再多的警力又有何用？出过国的人都说，在不少发达国家的街头，除非发生意外事故，平时很难看到警察的影子，而在我们的城市街头，又是一番什么样的情景呢？不是在许多情况下，总有驾车者与警察捉迷藏吗？只要警察不在或看不到，有人就想侥幸违章。交通法规、社会文明在这些人头脑中要么是一片空白，要么是一首儿歌，根本不放在眼里。

全国人民都在迎接2008年奥运会。奥运会是世界的，奥运精神是世界人民的，当然也是中国的和中国人民的。举办如此大型的国际盛会，正是展示中国人民崭新的精神风貌的时刻，也是向世界人民学习的良机！既然学，就要好好学，不能变味儿，不能依旧我行我素，把国外的好东西变成服务于自己旧习的东西，那样我们就无法立足于世界民族之林。韩日世界杯期间，韩国可容纳几万人的赛场上，赛后片纸不留的动人情景，难道不值得我们仿效吗？

（2002年11月）

有感于乌鸦喝啤酒

看到本文题目，列位一定哑然失笑，以为又在造什么玄机、卖什么关子，殊不知此事千真万确，是笔者目睹的一场乌鸦喝啤酒的绝妙表演：只见一名男子坐在路旁，将啤酒含在口中，令宠物乌鸦伸出长嘴吸吮。乌鸦吮毕，满意而飞。那男子也得意地起身，提起酒瓶说："走喽，该回家了！"顺着乌鸦飞走的方向扬长而去。

这有意思的一幕，令我顿生疑窦：乌鸦原本会喝啤酒吗？本人孤陋寡闻，于是多方求教，皆曰未曾闻之；再查动物书籍，亦无相关记载可考，只能得出否定结论。但乌鸦喝啤酒的现场表演却又成了"否定之否定"，最终的结论只能是乌鸦主人驯教出的"一招鲜"了。但转念一想，何招不可，干吗偏偏教乌鸦学喝啤酒呢？是主人欲凭此炫耀绝技哗众取宠呢，还是本人嗜酒成性而不能自持呢？想到此处，那男子临走时说的另一句话蓦然响在耳畔，"咳，养宠物还不就跟哄小孩儿似的！"这道破个中缘由的一语，使我茅塞顿开，原来他是在哄小孩儿！

无独有偶。数日后散步时，与一位老同学不期而遇。老同学正携5岁的孙子怡然自得地遛弯儿。寒暄中，老同学炫耀孙子本事日长，对其已可大杯饮用啤酒的"海量"倍加赞赏。我听后不禁将此事与乌鸦喝啤酒的一幕连在一起，且惊异于两位智者的异曲同工了。

训练宠物也罢，教育子孙也罢，总该引导他（它）们向上、向美、向善。尤其对待子孙，更不可随心所欲。苏联教育家马卡连柯曾说，教育的基础主要是在五岁以前奠定的，它占整个教育过程的90%。乌申斯基也说，人的性格主要是在幼年时期形成的。人的性格中在幼年时期所形成的一切是非常牢固的，并将成为人的第二天性。主人是宠物的镜子，大人尤其家长是孩子最好的老师。自己品行不端，焉能训练出、培育出好宠物、好子孙？古人云："子不教，父之过。"不教已为过了，何况乱教、胡教呢。

　　我见过一对夫妇，为了孩子的学习和健康成长，把看电视的享受都放弃了，而且时时处处严格规范自己的言行，以成为孩子最近最好的楷模。可见，为使子女健康成长成才，大人是要做出某些牺牲的。这种牺牲不光表现在金钱上，如不惜工本为孩子学钢琴、学美术、学外语等课外班的投入，更重要的是个人言行上的自我约束，以给孩子做出好的表率。绝不能自觉不自觉地将不良思想、语言和行为传给子孙。

　　再以豢养宠物为例，据说一养八哥者，平时自己口中常出污言秽语，日久被八哥所学。一日有客自远方来，逗八哥取乐，却遭八哥秽语相迎，弄得主客尴尬不已。一气之下，主人将八哥放飞。八哥也许因祸得福，从此获得自由。但谁知这八哥飞来飞去，会不会把那污言秽语也四处传播呢？

（2003年6月）

两个妈妈

孩子是未来，未来属于孩子，而未来的孩子属于未来的环境！

今年四月，北京的倒春寒虽给人以难耐之感，但中山公园里的郁金香花展仍引来了络绎不绝的赏花人。那片片红的、白的、紫的、红白相间的、镶着花边儿的，还有难得一见的黑色的郁金香花，色彩斑斓、亭亭玉立，喜煞个人，爱煞个人！人们在赏心悦目之际，无不赞叹造物之美，进而赞叹环境之美、生活之美。我想，这或许就是大自然对人类的陶冶吧。

公园里举办花展，其实还具有更重要的一层含义：唤起人们的环境意识，树立保护环境的观念。在众多观赏者中，不乏父母携带的孩子们。儿童是祖国的花朵，他们可能比成年人更热爱鲜花。而作为成年人，为了孩子的未来，为了未来的孩子，尤其要注重从小就培养孩子的环境意识。这既要晓之以理，动之以情，又应身体力行，做出表率！然而就在那美丽的郁金香花园里，上演了两出不同的情景短剧：一出是一位母亲，不仅自己，还让自己的孩子跳到花丛之中搔首弄姿，把缕缕花枝搂入怀中，大照其相。结果，他们踩倒了片片花丛、压断了朵朵鲜花、留下了斑斑狼藉，而年轻的母亲却得意忘形、喜形于色，连说真美真美。是的，他们心满意足了，花却遭殃了；照片美了，花却朽了。旁观者皆木然。

另一出短剧展示的是又一番情景，令诸多赏花者动情：一个小男孩径直往花丛里跑去，要妈妈给他照相。妈妈一把拉住儿子，告诉他不能进去的理由，并让儿子站在花丛外边的甬道上拍了照。

两个妈妈的两种做法，在孩子们幼小的心灵中留下了什么是不言而喻的。

我觉得它们似乎是种下了两颗不同的种子。

　　保护环境，从我做起，从点滴做起，这是人人皆知的道理。但要真正做到并不是一件易事，需要由多方共同努力，使人们的环境意识、文明意识树立起来，在行动上严格、自觉地规范自己的行为。这样，就不会总有人视"爱护绿地，请勿践踏"的牌子而不见，大摇大摆、随心所欲地去绿地里寻自己一时的惬意了。

　　孩子们总是瞪着眼睛看着大人并亦步亦趋的。妈妈是孩子最亲近、最重要、最好的老师！当好这个老师，做妈妈的必须具有为人师表的方方面面的素质。英国学者赫胥黎说过："欲造就伟大之国民，必自家庭教育始。"母亲（当然也包括父亲）是孩子的镜子。父母应该用自身的良好言行塑造子女的良好言行，这既是为人父母的责任，更是不可推卸的社会责任。愿所有的妈妈都做后一出短剧中的妈妈！

（2003年5月）

警察来了

一日傍晚，笔者散步于北京街头，偶遇一中年妇女带着宠物小狗悠然散步。小狗没有系绳，在主人身前身后奔跑戏耍，主人十分惬意。忽然，小狗闹起脾气，原地站住不走了。主人吆喝了几次，小狗依然故我。无奈之中，主人大声吓道："乖乖快来，警察来了！"那小狗似乎对此话早有领悟，闻声即刻跑到主人身边，主人赶紧拴上狗绳，牵着走了。

目击者哑然失笑，有人夸小狗懂人话、真灵，有人则摇头，露出莫名其妙的异样神色。

这本是小事一桩，那狗的主人也未必真是对人民警察怀有偏见，但把保护人民群众生命财产安全的人民警察当作凶神去吓唬调皮的孩子甚至小狗，就令人不解了。至于说有人不按规定养狗、外出不拴绳，让狗随便跑、随地便溺，而当警察严格执法，要求狗主人依法养犬时，却遭到粗暴抗拒，甚至对警察做出极不理智的行为，事情何以发展至此？我认为，这些人至少在客观上是对人民警察的某种不尊敬、法制观念淡薄。

我们从不否认在人民警察队伍中也有极少数的"害群之马"，也不否认从总体上讲，人民警察队伍的素质还有待于进一步提高。但众所周知，这些年来，公安机关下大力气从严治警，清除了一批蛀虫和败类，使警察队伍的素质空前提高。广大公安干部牢记宗旨、无私奉献，涌现出了许多英雄模范，每年仅牺牲在岗位上的就有几百人。这才是人民警察队伍的主流，这才是人民警察的本质！

人民警察打击违法犯罪活动、维护社会治安、保护人民生命财产安全，严肃执法、热情服务，都是从一件一件具体事情中做的。同样，我们从优待警，热爱民警、支持民警、尊重民警，也应该是从一件件具体的事，哪怕是一件小事做起。我们今天能有如此良好的社会环境，人民能安居乐业，离不开广大公安干警的奉献与牺牲。我们应该深深地感谢他们，更要尊重他们。尊重他们，就是尊重我们自己。

至于说一些未曾依照有关法规办理合法证件的"黑狗"主人得知警察为执法而来，仓皇躲避且对民警不尊重，只能说明这些人法制观念差、文明程度低。对不久前曾发生的"黑狗"主人粗暴抗法，对执法的人民警察大打出手的恶性事件，人们纷纷予以谴责，说明群众心中是有一杆秤的。试想，倘若没有人民警察严格执法，任"黑狗"、恶犬乱跑甚至伤人，符合多数群众的利益吗？社会还能有序吗？同时，我们还应从小对孩子们进行热爱人民警察、警察保护人民的教育，而不是将人民警察当作恐吓孩子的"凶神恶煞"。

（2002年10月）

眼圈儿红了

过去出国,十分羡慕外国人家家户户门前停靠着小汽车,总想着,不知在自己的祖国,哪年哪月也能看到如此情景。斗转星移,没过多少年,此景在祖国各地已随处可见。如今出国,对此就不在意了。如今,我们的政府忙的不是鼓励群众买车,而是忙着解决增加停车位的新问题。我那时对外国的超市同样羡慕不已,而今呢,我国的超市早已遍布各地,司空见惯。而且,不少人也能同外国人一样,大包小包地从超市里走出来,把东西装上自家的汽车,一踩油门,心满意足地满载而归。你说这发展变化有多快、多大!

百姓生活上的这些变化,无不反映着祖国日新月异的发展,而祖国的快速发展,又往往在许多方面体现在百姓生活水平和质量的提高上。就是说,老百姓最得实惠。中国人的家庭汽车梦、私人住房梦等先辈为之奋斗的多少梦想皆已成现实!大至国家,小至家庭,可以说,今天的整个中国都在圆梦!梦是怎么圆的?百姓心里最清楚:是党的改革开放的方针路线好,是社会主义的道路无比宽广!虽然中国地大人多,各地的发展尚不平衡。但改革开放二十多年,尤其是党的十三届四中全会以来,伟大祖国哪里的山河未变样?哪些方面没进步?即使尚未脱贫的地方,也改变了许多,只是还需要时间、需要过程,而我们的党和政府正为此而不懈努力!时间不会太久,过程不会太长。比如西部,党中央不是早已吹响了大开发的进军号角吗?无论是中国人还是外国人,无不惊异于中国的快速发展和变化!

我的一位朋友是中学语文教师,前不久刚分得一套称心如意的住房,高兴得几夜未合眼,写诗、作画,抒不尽的激动之情,表不完对党和国家的深深谢意。他深情地说："我觉得自己的神经总是处于兴奋状态。因为国家蒸蒸日上、喜事连连。电视、广播、报纸、网络上，新成就新变化让人目不暇接、眼花缭乱，真是奇迹连着奇迹。我给学生讲，学生也激动。"接着，他提高了嗓音，"这不，中央政治局开会了，党的十六大 11 月 8 日召开。这是天大的喜事。对党的十六大，咱盼望很久了。不用说，这又是一次重要的会议，将为我们指出新的前进目标，作出新的奋斗部署，吹响新的进军号角。'三个代表'重要思想必将落实得更好啊！"

说到此处，爱激动的他难抑感情，眼圈儿竟红了。此后，我们谈得最多的是以怎样的实际行动迎接党的十六大的召开。我们的共同看法是：扎扎实实、认认真真做好本职工作；时时刻刻、事事处处顾全大局，维护稳定，为大会奉献新业绩，为大会创造良好环境。

回顾党的历史，想想自己的成长，说着说着，我的心不能平静，竟和他一样，眼圈儿也红了。

（2002 年 10 月）

小金库之大小

持续查处的私设小金库案件，越来越引起人们的关注。有人以为，既然是小金库，就肯定不大，否则，何以冠之以"小"呢？这倒是个挺有意思的话题，应该说道说道。

无可否认，其大与小，总是相对而言的。地球够大了吧？但它在浩瀚的宇宙中，犹如沧海一粟，微不足道。有的人能住上百余平方米的房子，就自感房子挺大了，可比起别墅，这房子不是立马变小了吗？这个道理非常浅显，无须多言。

言归正传，说回小金库，多大为大，多小为小？据媒体报道，前不久，在查处郑州市中原区检察院原检察长贪污受贿腐败案件的过程中，发现其私设了存有四千七百多万元的小金库，供他任意挥霍。列位看到了，四千七百多万元，这个数字是大是小？

也许有人说，小金库只是个俗称，不必较真，但窃以为，用"小"字以蔽之，实则掩盖了大问题。有人贪污、受贿几十万元，就会被认为"数额巨大"，而不知通过何种手段私设的、存有四千七百多万元的金库仍冠之以"小"，能自圆其说吗？符合实际情况吗？这无异于大事化小、开脱罪责、掩盖真相！倘若撇开他贪污受贿、包养情妇的贪腐问题，单凭他私设这四千七百多万元的"小"金库，是否仍旧可以对其治罪？如果这个金库算是"小"，那多大才可算大呢？

（2001年8月）

黄河之滨的儿女们

——吉县纪事

一个以往名不见经传的小县，如今竟吸引了无数人的目光，成了人们趋之若鹜的地方。它是山西省吉县，位于吕梁山南麓，地处黄河中游东岸，属于黄土高原上典型的残垣沟壑区。

山高石头多，出门就爬坡。依偎在黄河母亲身旁，背靠绵绵吕梁山，吉县人祖祖辈辈在这块贫瘠的土地上勤奋耕耘、战天斗地、休养生息，然而贫困依旧是他们长期摆脱不掉的枷锁。"不过，这可是老皇历了。"陪同我们的资深媒体人老刘一脸的笑容，满腔的豪情。他不再多言，让我们眼见为实。我以为老刘在卖关子，夸家乡又不多言。于是，我也诡秘地调侃道："怕是壶口瀑布的缘故吧！千里黄河一壶收！谁不知道壶口瀑布奇特而壮美的景观令人叹为观止、心旷神怡！人们来这里奔的是壶口瀑布吧！"老刘笑了，说不能否认吉县因境内的壶口瀑布而沾光，但也并非全靠它。

我们从临汾市出发，不久便进入了山区。汽车在崇山峻岭中蜿蜒行驶，时遇S形弯，虽算不上惊险，但也让人把心提到了嗓子眼儿。因正在修路而被劈开的山体裸露出陡峭而壮实的身躯，呈现出层次分明的山体。真不知天公何以有如此神奇的伟力，鬼斧神工，造就出这绵绵起伏的山峦和沟沟壑壑。汽车越往前行，石山就越少，取而代之的是一色的黄土漫地。黄土高坡，山峦逶迤，沟壑纵横，奇形怪状，深不可测。坡上长满密匝匝、黑黝黝的林木。那景致既让人神往，又可以胆战心惊、望而却步，同行者中有人已经两腿发软，开始尖叫。

半路上迎接我们的小刘名叫刘宝平，是吉县人民政府法制办公室主任。他是个精瘦却双目炯炯有神的年轻人，十多年前大学毕业回县工作，对故乡山水了如指掌。提起家乡巨变，他更是喜不自禁，一张嘴便如数家珍，滔滔不绝。此时，他话多起来了。他告诉我们，吉县有十一万人口，辖三镇五乡，七十九个行政村、五百六十七个自然村落，在临汾市属小县。境内的黄河壶口瀑布和抗日战争第二战区司令部所在地克难坡旧址都是知名旅游景点。天时地利，无疑为吉县人民因地制宜、艰苦奋斗、脱贫致富、力争早日摘掉国家级扶贫开发重点县的帽子提供了良机。吉县人也抓住机遇、不负众望、大干苦干，立志改变贫困面貌。吉县县委县政府认真贯彻执行党的农村政策，从吉县的实际出发，坚决推进产业结构调整和转型发展，扬长避短，发挥山区自然特点和所处的地理纬度优势，大力发展果树栽培种植生产，彻底改变了贫困面貌。如今，全县三十万亩土地，二十八万亩种植了苹果树，年产优质果品二十多万吨，不仅畅销全国，还出口到东南亚和欧洲多国。这是吉县人以往做梦都想不到的！

秋日的阳光，把山林映照得层次分明，株株苹果树张开四臂，大方而悠然地迎接着八方来客，通红闪亮的果实挂满枝头，张张笑脸似的等待采摘。刘宝平不忘本行，指着满山果树说，全县经济转型发展，法治建设功不可没！县委县政府高度重视依法办事、依法行政，果树从栽培到收获、从贮藏到销售都依照法律法规有序运行。全县各级法律服务机构和法律工作者响应县委县政府号召，争先恐后，主动上阵，热情服务，帮助和指导农民增强法治观念，学习运用法律手段维护自己的合法权益，认真签订和履行合同，产供销各项工作都依法顺利进行。小刘不禁喜形于色，"哎呀，这下子农民兄弟可乐坏了，都管法律服务叫护身符！"

当我们来到这个掩映在深山之间，坐落于峡谷之中的小县城，进入眼帘的是鳞次栉比的崭新楼舍，整齐的街道上停放着排排汽车。不远的一处工地上，塔吊高高耸立，不时旋转，电焊的火花飞溅，新的楼宇正在拔地而起！县政府办公室主任赵洪文自豪地介绍说，眼下县城里的房子供不应求，那些在建的已提前被农民买下了，只等建好就搬进去！

面对这位高个帅气的县办主任，我的眼睛模糊了。吉县，三十多年前我曾来过，那是个连鸟都不来拉屎的穷乡僻壤。那时的县城，俨然一个山区小村，零零落落、破旧不堪的房舍，窄而肮脏的土路……此时真不敢置信，眼前就是当年的那个吉县县城！

赵主任说，以前农民的年收入以千元计，现在普遍收入都在十万元上下。不少人不光买了汽车，还在县城买了房子。农忙时住在村里，下地干活；农闲时举家进城，过上和城里人一样的生活！据不完全统计，全县已有一半以上农民在县城买了房子，而这个数字还在增加。城乡一体化，正在这里形成！

一大盘苹果摆在桌上了，咬一口，香脆甜美，汁水满溢。啊，我知道，这当年穷困偏僻的山村，今天的生活正在变得越来越甜美！

我看到，相比之下，县委县政府机关的办公楼显得有些陈旧寒酸。赵主任说，毕竟我们还是贫困县，全县年财政收入还不高。我们把有限的资金主要用于发展经济，保障民生了。农民群众的生活改善了、提高了，县委县政府就放心了。这也是我们的目标！

尽管来去匆匆，但这见闻已使我心潮难平。当年，诗人张光年先生就是在奔涌磅礴的壶口瀑布前，心灵被震撼，热血沸腾，奋笔写下了讴歌黄河、弘扬黄河精神，激励全国人民奋起反抗日本侵略战争、保卫黄河的不朽诗篇！作曲家冼星海先生以此诗为词，谱写出了气壮山河、激动人心、进军号角般经久不衰的《黄河大合唱》，至今仍传唱大江南北！

离开的路上，我的心中依然激动不已，默默地祝福吉县人民全力做好"苹果转型，旅游开发，工业崛起，城镇建设，民生改善"五大篇文章的目标早日实现！而那"黄河之滨，聚集着中华民族的优秀子孙"的诗句，久久地萦绕在我的脑海！

（2013年9月）

商海弄潮显风流

"财富"这个词，在中国很长的一段历史时期里，成为"走资本主义道路"的代名词而被讳莫如深。在那段岁月里，就连中国百姓传统的口头寄语"恭喜发财"也被视为大逆不道，弄不好会被扣上许多政治"大帽子"。当邓小平同志以中国改革开放总设计师的胆识与智慧，理直气壮地作出"贫穷不是社会主义"、市场经济不分姓资姓社的英明论断时，"财富"这个词，才又在中华大地上不断出现，并且可以被理直气壮、光明正大地使用了。因为泱泱大国终于走上了以经济建设为中心的发展大道。

人类创造了历史，而历史有时也会与人类开玩笑。人们的思维，有时会把最基本的道理抛弃。当然，那也可能是某种偏见或无知使然。列宁说过，偏见比无知离真理更远。生存是人的第一需要，发展是绝对真理。没有财富，何以强国？何以富民？何以发展？财富就是物质，创造财富，就是创造物质文明。没有物质文明，精神文明就成了无源之水，无本之木，但我们不是机械唯物论者。我们还认为精神文明又可以能动地反作用于物质文明、促进物质文明的发展，但物质决定精神的辩证关系是不可改变的！

改革开放二十余年，如今持续发展的中国经济令世人瞩目、交口称赞，国内生产总值已名列世界第六。中国的综合国力增强，十三亿中国人更是从中得到了最大的实惠。

财富的创造和积累，无论是资本运作的大手笔，还是市场运作的具体细节，无不展示着企业家的风采和才华。他们总能处变不惊、沉着应对，采取断然措施，不断创造经济发展的奇迹，谱写当今企业发展的佳话。

中国人民聪明勤奋，中国人民志高胆壮。中国已经在市场经济的大潮中脱颖而出，一批令世人刮目相看的商海"弄潮儿"出现在中华大地上！但比起在市场经济中浮沉了百年的洋企业家们，我们无疑还得奋起直追，勇敢探索。对于市场运行的规律、对于国际行情的预测，对于趋利避害的种种把握，尤其对于世界贸易组织的"游戏规则"，我们必须边干边学，在游泳中学游泳，在风雨中健身强体。这是历史赋予当代中国企业家的责任，更是一个发展的机遇！

毫无疑问，画地为牢、故步自封、闭门思过是于发展无益的。反之，必须打开窗门、加强交流、增进沟通，让经验启迪，让信息传递，让企业家融入世界、汇入商海。为达此目的，媒体的作用举足轻重。中国已经有一批具有远见卓识的企业家加入了媒体理事会，参与、支持媒体的经营发展。或许，它仅仅是市场信息宏大"编钟"中的一只，是旋律中的一个音符，但它不可或缺！

造就一大批优秀的、在国际商海中立得住的中国企业家，中国的经济建设才能百尺竿头、更进一步，逐步走向世界！前面是一条光灿灿的大道，让我们携手共同走过，让我们的"弄潮儿"劈波斩浪，尽显风流，扬帆远航！

（2003年5月）

谱写梁山经济新篇章

很高兴有机会参加梁山县水浒商会成立大会。在此，谨向梁山县水浒商会的成立，表示热烈祝贺！

在迎接党的十八大胜利召开的日子里，你们商会的成立，充分说明在中共梁山县委、县人民政府领导下，梁山县的广大企业家们，尤其是民营企业家们，正在认真践行邓小平理论、"三个代表"重要思想和科学发展观，进一步深化改革开放，面对新的国际国内经济形势，勇敢地迎接新的挑战，为进一步发展梁山县的经济，作出新的贡献。在这样的背景下，你们商会的成立是非常有意义的。所以，我要对商会的成立表示祝贺！

综观世界各国经济的发展，中国改革开放三十多年的实践充分证明了一个重要的道理，也可以说是一个真理，那就是：社会主义市场经济，就是法治经济！这是因为，在经济生活中，复杂的经济关系要靠法律维系，各种经济活动要靠法律规范，经济秩序要靠法律维护，企业和企业家的合法权益要靠法律保障。无数事实充分显示：离开法治，经济生活就会陷入无序和混乱，各项经济活动的正常有序进行就将受到严重影响，造成无法估量的损失，企业和企业家的正当利益及各项合法权益也无法得到有效保障。

有鉴于此，我相信梁山县水浒商会成立后，一定会团结和引导梁山县的广大企业家认真学习宪法和法律，尤其是各项经济法律法规，进一步提高和增强法治观念、法律意识，使各项经济活动都依法而行，不断把梁山县的经济发展提高到新的水平。

梁山自古出好汉！毫无疑问，今天在座的梁山县各位企业家都是新一代梁山好汉！希望你们大力发扬好汉传统，为发展梁山经济、建设美好梁山，"该出手时就出手"，大展宏图、大显身手，充分发挥聪明才智，在新的形势下，谱写出梁山经济发展的新篇章！

最后，再次祝贺梁山县水浒商会的成立！

（2012 年 8 月 30 日）

Part 3

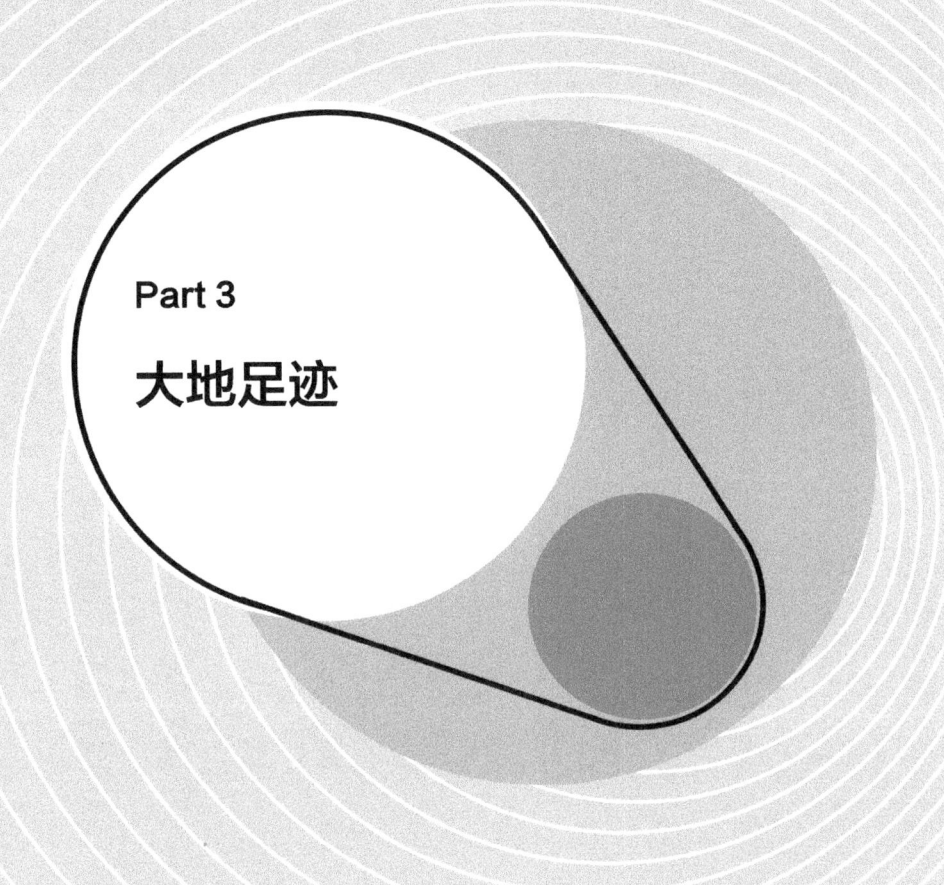

大地足迹

亲切的接见，难忘的采访

——回忆李鹏接见和接受采访的时刻

李鹏同志于2019年7月22日逝世。这个日子，距离8月1日《法制日报》创刊三十九周年差不多仅有一周！恰恰是在十九年前的这个时日，时任全国人大常委会委员长的李鹏同志在百忙之中拨冗接见了我，并接受了我的采访。光阴似箭，记忆犹新！至今，那次接见的场景依然清晰地刻在脑海，交谈中他对《法制日报》的深切关怀、信任、支持以及殷切嘱托，寄予的厚望，是对法制日报人为办好报纸而不懈努力奋斗的莫大激励与鼓舞！

在我多年的新闻工作经历中，曾经采访过诸多人物。从普通农民、工人、士兵到党政军各级领导干部，包括大量的政法界、行政执法部门人员，应有尽有，但采访对象中职位层级最高的则是李鹏委员长。当时，他任第九届全国人民代表大会常务委员会委员长，是排名在江泽民总书记之后的第二位，是党和国家主要领导人之一。因此，能得到他的接见，不啻是我职业生涯中一次十分荣耀的经历、一次极为难忘的新闻工作实践！

采访李鹏委员长的愿望是怎么产生的？我记得，当时我是从主客观两个方面考虑的。从客观上说，我之所以萌生了采访李鹏委员长想法，是基于李鹏在担任全国人大常委会委员长后，对贯彻党的十五大确定的依法治国、建设社会主义法治国家的基本方略非常坚定，对加强社会主义民主法制建设极其重视，对不断发展和完善人民代表大会制度极为重视。与此同时，李鹏委员长十分注重运用媒体力量加大宣传力度，并多次在各种场合对此提出要求、作出指示。对于我们《法制日报》这个党和国家在政法战线上的喉舌和舆论主阵地、对这个以宣传报道党和国家政法工作的大政方针、社会主义民主法制建设为主旨的报纸,李鹏委员长更是高度重视、十分信任、寄予厚望。我记得,每次全国人大或全国人大常委会开会,李鹏委员长都要讲宣传和新闻报道问题,而每次见到我们《法制日报》的记者,他总会亲切地打招呼、大加鼓励并表示谢意。这自然给了报社一些专司报道全国人民代表大会的记者近距离接触和见到他的机会。尤其令我们感到幸运的是,在他任期内,《法制日报》不仅参与全国人民代表大会报道的记者人数有所增加、待遇有所提高,还得到了一个特殊待遇,就是可以像中央几大家主要媒体一样,派记者多次随他出访外国,足见李鹏委员长和全国人大常委会领导对于《法制日报》的重视与关怀!基于这样的背景,我产生了请求他在适当机会接见我并接受我的采访的意愿。

当时,正逢《法制日报》创刊二十周年这个重要时间节点和契机,能够抓住这个机遇,代表《法制日报》当面向委员长汇报并请他对今后的法制新闻宣传报道工作作出重要指示、提出新的要求,不仅可以进一步提升我们的报道水平和质量,也可以激励我们把报纸办得更具权威性和影响力,而且就在此期间,我们收到了他为《法制日报》创刊二十周年书写的祝贺题词。这真是天时地利人和,万事俱备!增强了我对此次请求获得成功的信心!

回想《法制日报》的创办历程,思绪万千,无法平静。1980年8月1日,沐浴着党的十一届三中全会的春风,在邓小平同志发出的"发展社会主义民主,健全社会主义法制"重要指示指引下,由时任中央政法委书记彭真同志倡导,经胡耀邦等领导同志批准,中央政法委员会委托司法部主办的中央政法委员会机关报《法制日报》的前身《中国法制报》应运而生。这是中国有史以来第一家以宣传报道民主法制为主旨的媒体!即便是在世界报刊史上,以报道法制为主旨的媒体也不多见。创刊二十年来,《法制日报》从无到有、从小到大,风雨兼程,伴随着社会主义民主法制建设的进程,发挥着越来越重要的作用,赢得了各级领导干部和广大人民群众的欢迎和赞誉,一时"洛阳纸贵",备受青睐!回想创刊之初,敬爱的彭真同志题写了《中国法制报》的报名。后来更名为《法制日报》,他老人家又一次为我们题写了新的报名。

我们不能忘记，创刊十周年时，敬爱的邓小平同志亲笔为我们题写了"法制日报十周年"七个大字！习仲勋、乔石、陈丕显等领导同志出席了报社在人民大会堂举行的纪念会。而此后的李鹏委员长，同样十分关心和支持《法制日报》的工作，他在担任国务院总理期间就对我们的报道做过重要批示，他到全国人大常委会任委员长后，多次明确要求要充分发挥和利用好《法制日报》。我们都清楚记得，1998年12月11日上午，李鹏委员长在全国人大常委会办公厅召开的关于加强和提高民主法制、人大制度宣传报道工作座谈会上发表的重要讲话中，还特别提到了《法制日报》。会后，当时任《法制日报》副总编辑常少扬上前与李鹏委员长握手并感谢他的信任与鼓励时，李鹏委员长高兴地说，《法制日报》办得不错，你们是专搞民主法制建设宣传报道的，在这方面还要加强再加强！当报纸创刊二十周年这个重要时刻来临时，如果能乘此良机争取李鹏委员长接见并进行采访，无疑对报社日后各项事业的发展意义非凡。于是，我把想法告诉了报社负责时政报道的记者、时任政文部主任闫军、副主任李群，他们听后也是非常兴奋和支持，闫军主动表示，承担向委员长请示和联系的工作。几天后终于传来了好消息：李鹏委员长答应了我们的请求！

我记得，那是2000年7月20日下午，我和闫军及时任报社摄影部主任王毅，一起来到人民大会堂接见厅。时任全国人大常委会副秘书长、李鹏委员长秘书的姜云宝同志热情接待了我们。大约过了半小时，姜云宝迎上来说，陈总请跟我来，委员长在等你们！我们跟随姜云宝走进了接见厅。落座后，委员长高兴地说："你们《法制日报》办得非常好，党和国家很需要，特别是对推动依法治国方略实施，对民主法制建设，对人大制度建设发展，推动作用很大！我要感谢你们！"当我代表报社全体员工对委员长多年来对《法制日报》的关怀、支持与鼓励表示衷心感谢时，他说："谢谢报社的同志们，请转达我对大家的感谢和问候！"我请委员长对《法制日报》今后的宣传报道工作作指示，他谦虚地说："没有指示，你们好好工作吧。"我于是按事先与闫军、李群他们共同拟定的采访提纲，向李鹏委员长做了汇报。

李鹏委员长在谈话中热情祝贺《法制日报》创刊二十周年所取得的出色

成绩，指出法制新闻事业的空间和舞台非常广阔，大有可为！"你们要紧紧抓住依法治国、建设社会主义法制国家的基本方略的机遇，采写并报道出生动真实、格调高尚、群众喜闻乐见的好新闻、好作品，为社会主义民主法制建设提供生动教材，并把《法制日报》办成法制宣传的重要阵地！"他特别指出，关于人大制度和人大及其常委会工作的宣传报道应当是法制新闻媒体重点关注的领域。他希望《法制日报》今后把这方面的新报道提高到新的水平，为依法治国作出更大贡献！

离开之际，我再次向委员长表示感谢，并将我写的《走进法制新闻》一书送他批评指教。李鹏委员长高兴地收下，并说谢谢，一定拜读，然后同我们一一握手，频频招手告别。

转眼之间，十九年过去，李鹏委员长的这次接见和接受采访，成为《法制日报》发展历史上的一个重要记录，也是我个人新闻工作生涯中一次难忘的经历！

（2019 年 7 月 24 日）

坚定的领导者　谆谆的引路人

——忆在肖扬同志领导下工作的日子

肖扬院长已经离我们而去了,可凡是曾经在他领导下工作过的人、曾经与他有过接触的人,每每谈起,都禁不住为中国政法战线永远地失去了这位杰出的领导者,永远地失去了这位锐意改革、勇于探索、践行司法公正、刚正不阿的中国首席大法官,永远地失去了这位平易近人、诚以待人、心地善良的长者而深感悲痛和惋惜。对于我们法制日报社广大员工而言,更是因为永远地失去了这位政治立场坚定、思想品格高尚的领导者、关怀者和可敬的导师与诤友而悲痛不已。对于我而言,他既是我工作上的坚强领导者、支持者,又是给予我谆谆教诲的人生引路人!

重要使命　殷切嘱托

我曾在肖扬同志领导下工作多年,非常钦佩他政治上的坚定性和思想上的敏锐性。作为党和国家的高级领导干部,他总是站得高、看得远,在纷繁复杂的社会环境中,始终坚决地同党中央保持高度一致,并站在全局工作的高度上,不断严格要求和把握《法制日报》的办报宗旨、正确方向和舆论导向。

他在担任司法部部长时,有一次把我叫到办公室,语重心长地对我说:"你要时刻牢记,《法制日报》是中央政法委员会的机关报,是党和国家在政法战线上的喉舌,是社会主义民主法制建设的主要舆论阵地!你主持报社全面工作,任重道远啊!中央政法委委托司法部主办和管理《法制日报》,我这个当部长的责任更是重大!咱们都要不辱使命,不负重托,一定要把报纸办好,绝对不能辜负党和国家的期待啊!"

1996年夏季，肖扬同志因病住院，其间两次打电话把我叫到病榻前，要我汇报报社工作，语重心长地嘱咐我说："当前社会上，也包括政法界，出现了一些不健康甚至错误的思想倾向，你们报社领导和编采人员一定要保持头脑清醒，不可迷失方向。一定要在政治上同党中央保持绝对高度一致，坚持正确的舆论导向不动摇！这是根本问题，不能含糊！"他还说："你是报社主要负责人，你的严格把关会直接决定报纸方向等重大问题，所以，我得时常给你吃点'小灶'，多与你沟通，你有拿不准的一定要随时请示上级相关领导同志或直接来找我。"他还特别强调："对一些言论性理论性文章，更是要头脑清醒严格把握，不能为照顾和考虑个别人的身份面子而把不正确的思想和观点发表出去！"我当场向他表示："肖部长，请您放心，我们一定遵照您的指示，把好政治关和导向关，绝不辜负您的嘱托！"今天再次重温肖扬同志的谆谆教诲，我极为庆幸有这样一位坚强的领导者领导我、指导我！

共同目标　充分信任

无论在任司法部部长期间，还是任最高人民法院院长期间，肖扬同志都十分注重发挥和利用报纸在宣传、组织、动员工作中的作用。他任司法部部长时，把加强司法行政基层基础工作列为重要议程，尤其要求加强基层司法所的建设和司法助理员的培养及人民调解工作的广泛深入开展。他说："基层司法助理员的工作对及时有效排解和妥善处理基层人民群众的内部矛盾与纠纷，对于搞好社会稳定、强化社会治安综合治理，作用不可或缺，不能忽视！你们一定要深入基层，多发现和报道这方面的典型经验，以推动这项工作的持续开展。"

他到最高人民法院工作后，极其鲜明地提出：要进行司法改革，推进司法公正，加强法官队伍建设，践行依法治国方略！根据他的指示，我们将此议题作为宣传报道重点之一，组织采写报道了大量相关内容，在社会上和政法界引起了很大反响，取得了良好的社会效果。例如，当时我们突出报道了北京市朝阳区人民法院秉公执法、依法审案和法院建设的先进典型事迹，尤其是优秀女法官宋鱼水的感人事迹。肖扬同志对此十分满意，多次对报道给予表扬，并对编采人员表示感谢。后来，报社遵照肖扬同志的指示，对此议题不间断地加以报道，对全国人民法院的建设发挥了积极的推动与激励作用。

在坚持正面宣传报道的同时，我们也有选择地曝光了个别反面典型。例如，我们披露了山西省一个没文化、不懂法、无法律意识，被称为"三盲"的县法院院长的反面典型，在社会上引起了强烈反响。肖扬同志阅后不仅对报道予以支持，还要求全国法院系统充分利用这个反面典型举一反三，让广大法院干警对照检查，以提高认识，把加强法官队伍建设不断引向深入。为深化这方面的报道，肖扬同志多次指示我，不要将报道停留在揭露和曝光上，更要注重将反面文章正面做，要充分报道法院审判工作的新举措、新风貌，以激励广大干警的斗志，促进司法公正各项措施的落实。

肖扬同志经常对我说："你们媒体人是党和国家重要的喉舌和耳目！你们驰骋纵横、跑下访上，眼观六路、耳听八方、神通广大，掌握和了解的信息很多，要千方百计把你们的这个优势充分发挥出来。"为此，他多次要求我将记者在采访中发现和了解到的情况及问题及时向他汇报，把这项工作当作我们的一项任务去对待。我把肖扬同志的指示传达给了大家，大家也这样做了。记得一次我们有位记者在采访中，发现一个地方的监狱在管理中存在漏洞，记者连夜给我打电话报告了此事。我觉得问题十分重要，便立即给肖扬同志打电话向他作了汇报。没过多长时间，肖扬同志回电话给我说："你们记者反映的问题很重要，我已连夜给这个省的监狱局打了电话，要他们及时处理。"事后，肖扬同志见到我一再说，要表扬和感谢那位有心的记者。

肖扬同志非常支持报社工作，对于个别不愿接受记者采访的基层司法机关，肖扬同志得知后总是责成有关负责人去做法院的工作，要求司法机关尊重并配合记者的正当采访报道工作并给记者提供方便。他说："报纸是我们自己的，记者的任务和目标与我们也是一致的，就是为共同践行司法公正，弘扬社会正义这个目的。法官和记者应该是一条战壕里的战友啊！"一次，我们记者到一家法院采访时被拒之门外，肖扬同志得知，严肃批评了那个法院的领导。肖扬同志对司法腐败深恶痛绝，对揭露出的坏人和腐败事件，痛心疾首。但他深知，解决问题，尤其是消除司法腐败，并非一朝一夕之功、不能一蹴而就。有段时间，我们在报道中对法院的批评多了一些，肖扬同志得知后把我叫到办公室，说："你们报纸的报道无可非议，很有作用，但是也不能急于求成，冰冻三尺非一日之寒哪！批评报道当然不可缺少，但给大家鼓劲更为重要，所以你们还要讲究报道艺术和效果，坚持正面报道为主！"为此，他责成最高人民法院有关负责人加强与报社的联系和沟通，主动提供有关信息和正面报道线索。那时，我们法制日报社在最高人民法院、最高人民检察院、公安部、武警部队总部均设有记者站，这就为加强相互联系和沟通及采访报道创造了有利的条件。肖扬同志得知后十分高兴。

坚定原则　高尚品格

肖扬同志身居高位，肩负着重大使命和责任，但在他面前，我们很难感觉到他这种地位和身份。无论是在他担任司法部部长还是最高人民法院院长期间，他给我的印象总是那么平易近人，诚以待人，从不摆架子、打官腔。一次，我在人民大会堂参加一个会议时偶然见到他，还未等我走上前去，他倒先边走边伸出手说："应革同志，你好啊！好久不见了，你都挺好吧？"警卫秘书上前欲拦我，他忙说："没事，他是我的老熟人，老朋友！"我连忙上去与肖扬同志握手，说："肖院长，您好！"顷刻间，我们的距离便拉近了。类似情况发生过多次。他身上的这种平易近人的优良作风，被报社员工传为佳话。无论他见到报社哪一位工作人员，都主动热情打招呼，与大家亲切交谈，他还能记住并叫出报社不少编采人员的名字，有时见到了还会一起开开玩笑，气氛十分亲切融洽。

肖扬同志对自己要求十分严格，无论在哪个岗位上，他都不愿突出自己，不让我们多宣传报道他个人，指示我们要多宣传报道基层单位和广大干警，多报道广大人民群众学法知法守法用法和在基层单位开展普法、依法治理各项活动中涌现出的先进人物和事迹。有时我们在报道当中出现了不当和差错，他一方面严肃指出，另一方面又循循善诱，深刻分析，指出可能造成的不良影响及后果，苦口婆心地指导我们认真总结经验教训、认真整改。说实在的，每次遇到这种情况，我总是胆战心惊，忐忑不安地走进他的办公室，可是，当听完他的批评、教诲，我又能放下思想包袱，满怀信心地走出他的办公室，一心想着如何落实他的指示和要求，把报道搞得更好。

肖扬同志十分重视发现和使用优秀人才。他在最高人民法院任职时，还从报社精心挑选了几位优秀的编采人员去工作。他说这是报社对他的支持，但我们都认为这是我们报社的光荣。

肖扬同志熟知下情，深知办好一张中央级大报并非易事，于是，他总是主动帮助报社解决一些实际困难。他善于倾听下级的意见，尊重并支持下级的工作，即使我们的意见与他的指示不完全吻合，他也从不把自己的想法简单生硬地强加给报社，而会耐心倾听我们的意见和想法。1997年，我们报社党委根据形势发展，审时度势，为缓解经济困难和压力、增加财政收入，由我提出拟较大幅度提高报纸年订价的设想。这样做，无疑要承担报纸发行数量下降的风险，但在当时这是唯一有效的措施。我把这个想法向肖扬同志做了汇报，他沉思了片刻，微笑着问我："你的想法不错，对形势分析也到位，可是风险也不小。你考虑过可能产生的后果，尤其是你个人的责任了吗？"我说："我这是破釜沉舟，大不了您撤我的职！"他点了点头，又沉思起来，最后拍了拍我的肩膀。我知道，他当然与我们有同样的担忧，担心提价后报纸发行量会大幅下滑，造成的社会影响难以承受。但他没有否定，而是与我们一同分析形势、权衡利弊，研究防范风险的措施，并表示尊重我们的意见，鼓励我们大胆实践，努力工作。他的支持鼓励令我十分感动，心中油然泛起对他的敬佩之情。在他的支持下，报社党委采纳了我的提议，报纸提价措施收到了良好效益。

还有一件事令我记忆深刻。有一年，上级决定一律停办政法机关所办的企业。法制日报社作为政法机关下属单位之一当然也不能例外。但当时我认为法制日报社的情况特殊，不应被列为取消对象。为此事，我在向来社督办的上级有关领导同志说明情况后，又去向肖扬同志汇报，请求他的指示和帮助。我说，报社虽属政法机关下属单位之一，但它是一个实行自负盈亏、自收自支，事业单位企业管理的新闻单位，应保留报社所办的企业。肖扬同志听后，十分严肃地说，既然这是上级的决定，你们必须严格执行，不可例外。这又一次让我体会到他政治上坚定的一面，便表示坚决服从上级决定。

我记得，大约在肖扬同志离开司法部的前一年，我萌生了由报社创办一个律师事务所的想法。因为，在报社的编采人员中，有相当一部分是从法律院系毕业的，他们当中有的还具有律师资格。法制日报社如果有一个属于自己的律师事务所，就既可发挥人员的专业优势，又可为报社增加收入，还可适当安置一些退休员工。我为此事去向当时司法部主管律师事务工作的一位副部长请示，他说此事他做不了主，得请示肖部长。我于是去找肖扬同志。然而，他的回答让我始料未及。他说："你的做法不太可行。你想，你们是政法界报纸，又直接在司法部领导之下，你们的律所那不就得天独厚、无所能比吗？你们的律师前头办案，你们报纸后面助力，与其他律所比，能处在平等地位上吗？所以，你的请求不能批啊！"我又一次被肖扬同志"怼回去"了，心中暗想，这肖部长原则性可太强了，不可逾越啊！只得打消了念头。我本以为这事彻底告吹了，不料此后不久，我又去见肖扬同志，他笑着说："上次为你想办律师所的事不高兴了吧？你要知道，原则就是原则，不能失掉！不过，后来我又考虑了一下，准备同意你们去组建一家律师事务所，不过有一个前提，就是律所要与报社脱钩，你们可安排已退休的同志去工作。当然，还有下一步，即所有律师事务所都要与主办单位脱钩，独立运行，包括司法部所属的律所，都要独立依法运作。"

不久，我们报社组建的律师事务所终于成立了，也与报社脱离了隶属关系。

这些事过去很多年了，但肖扬同志身上那种既坚持原则又体察下情、既有领导意志又尊重和支持报社建设性意见的高尚品格，令我肃然起敬并深深铭记。在我心目中，肖扬同志不但教导我们要做政治上的坚定者，还教育我们如何做事做人。他以自己政治上的坚定与做人的高尚品格率先垂范，不愧是一位政法战线杰出的领导者，又是一位平易近人、真诚待人、心地善良、可敬可爱的长者！对于我们法制日报社而言，肖扬同志既是卓越的领导者又是谆谆教导我们的人生引路人，是永远值得我们尊敬的导师和诤友！

我们永远缅怀肖扬同志，永远铭记他的教诲！

（原载《法制与新闻》第 305 期，2019 年 10 月 7 日）

法治新闻的拓荒者

——深切缅怀庄重社长

百岁庄重老社长仙逝，不胜悲痛。他的音容笑貌，犹在眼前，我深为党的新闻战线，尤其是社会主义民主法治新闻战线失去了这样一位拓荒者和坚定的领导者、创建者、身体力行者、德高望重者而痛惜不已！

战士的本色

庄重老社长曾是一名坚强的新四军战士，在陈毅军长直接领导下工作多年。回首当年，他常说："我们那个时候，常常是白天行军打仗，晚上在油灯下撰写新闻，重要新闻稿子，发出前要送陈毅军长审阅。"他说："战士拿枪杆子刺刀上战场，我们是拿笔杆子上！一支部队，两条战线，文武之道，一个目标！所以，新闻工作者，是拿笔杆子的战士！"由此，他常对我们说："你们要懂得，新闻事业，也是战场，而且是重要的战场！邓小平提出以经济建设为中心，发展社会主义民主，健全社会主义法制，这就是党在新时期赋予新闻工作者的神圣使命，发出的战斗号令！而在今天，法制新闻是党的新闻工作中的一个全新领域和战线，我们有幸成为第一梯队的战士，无上荣光！我们一定要把中国新闻史上破天荒的第一张法制报纸办好办出水平！"

艰苦奋斗　知难而上

《法制日报》的前身为《中国法制报》，从筹备到创刊，是从"三无"起始的。所谓三无，是指报社无办公室、无印刷厂、无员工宿舍。报社起步时，从庄社长和刘瑞云一老一少两个人开始，到早期的"十几个人来七八条枪"，白手起家，艰难上路。因为无办公室，大家只能东游西走，找个地方暂时栖身。

午餐只能到街头小饭馆解决。由于没有印刷厂,排版印刷从最初的解放军报印刷厂,后又改到中国青年报、农民日报,再到体育报几家报社的印刷厂代印。我们的人,无论寒暑,只能疲于奔波,满城穿梭,直到20世纪80年代后期,才在租用的一个部队招待所暂时安下身来,并建立起报社自己的临时排版车间。面对这种情况,庄重社长总会用他当年艰苦奋斗的事迹激励大家。他说,创业嘛,舒服不了,但乐在其中!当年他们跟随部队辗转南北、披星戴月,常常是部队指战员休息了,他们还要连夜赶写报道。可有时连张桌子都没有,他们便坐在石头上,把膝盖当桌子。有一次,他在马背上边走边想稿子,结果马失前蹄,险些被摔下山坡。庄社长的故事对我们教育非常深刻!

我是1980年到中国法制报社工作的,看到报社条件如此艰苦,私下里曾找到推荐我的中宣部一位领导同志表达想调离的想法。这事被庄社长知道了,他专门找我谈了一次话,说:"中国法制报是初创,条件当然不能和你原来所在的省委机关报相比,但是万事开头难,一定要有信心克服困难,把咱们报办好,人生才有价值!"说起报社没有员工宿舍,他笑了笑,说当年他和夫人杨光群结婚时,不用说婚房,就连安身之处都没有。他们的新婚之夜是在一个老百姓家的茅屋里度过的。没有床,地当床,稻草当褥子。末了,他说:"不用急!今天没有的,以后都会有!"庄社长的话字字千斤,说得我无言以对,深感愧疚。

我记得大约是他退休前的一年,他随中国新闻代表团访问美国。在佛罗里达州的迈阿密与当地的美国媒体同行座谈,得知对方已开始运用激光照排技术了。庄社长十分高兴,回来后对我说,世界报业发展很快,科技手段正在使媒体迈上新台阶,我们也一定要迎头赶上,并再三鼓励我安心工作。他情真意切,语重心长,令我非常感动,以后再不向他提调离的事了。

一丝不苟严要求

作为一个老新闻人,庄重社长党性极强、政治敏锐性非常高。他总说,办报无小事,一丝一毫的错误都不能有。他要求编采人员必须不断增强自身的政治素质,不可出现政治性和法律性错误。发现问题,他就开会。他时常在我们送审的大样上,就稿件中发生的错误认真批改,指出要害。有一次,有一篇广告稿，从字面表述上会让读者理解成牙齿长到腮帮子上了。事不大，庄社长却十分重视，严厉批评了相关人员。还有一次，排版工把一位领导人的名字捡错了一个字，并见了报。庄社长十分生气，大会小会反复强调其严重性，组织大家讨论，接受教训，并制订了整改方案。

无论是在战争年代还是在新中国成立后，庄重社长由于长期担任一线记者，不仅具有良好的新闻敏感性，新闻写作能力也极强。所以，他任社长兼总编辑期间，非常重视报纸的新闻性。他有时会批评我们漏报了哪几条重要的法制新闻，并要求查找原因。他说，新闻即消息报道，是报纸的灵魂，是支柱，必须抓住抓好。他多次举一反三，剖析一些新闻稿，帮助大家提高消息稿件的写作技巧和能力，对大家的帮助很大。在他退休后的第三年，我们报纸由《中国法制报》更名为《法制日报》。一天他打电话给我，说："听说是你力主改报名的，开始时我还不太理解，担心影响发行，现在我很支持。此举让日报增强了时效性，且更有利于立足于中央级大报之林。改得好！"

平时，庄社长经常要求编辑们把字写好、写清楚。当我们夸他的字写得好时，他说那是他当年办油印报，刻蜡版练出来的。所以，大家要下功夫把字练好。他就是这样从点滴上要求我们、帮助我们成长的。

在与庄社长多年相处的日子里，深觉他既是一位出色的领导，又是一位慈祥的长者，更是一位良师益友，让我受益匪浅，留下了难以磨灭的印象和深刻的记忆！

江河滔滔，风范长存！

青山巍巍，丰碑不朽！

庄重社长，创办了中国新闻史上第一张以报道民主法制建设为主旨的报纸，他是中国法制新闻的奠基人、拓荒者！

他是《法制日报》的创始人、领路人、践行人！中国法制新闻史上，将永远记载着他的历史功绩！

永远深切缅怀庄重社长！

（原载法治日报微信公号，2020年3月27日）

善良与真实中的伟大

——缅怀诗人臧克家

我国当代著名诗人、作家臧克家先生驾鹤仙去，走完了他的百年人生之旅。回想起与先生的一段交往，不禁黯然神伤。此时，响在我耳畔的是他那旷世之作——《有的人》中脍炙人口的名句：

> 有的人活着
> 他已经死了；
> 有的人死了
> 他还活着。

这首为纪念鲁迅而写的名诗，传诵了半个多世纪。打动了无数人，警醒了无数人！分明是一把解读人生的钥匙，一曲振聋发聩的绝唱！

文学就是人学。诗如其人。作文先做人。没有鲁迅的铮铮铁骨，就没有鲁迅的"投枪""匕首"。在有幸与诗人交往的日子里，这是他谈论最多的话题。所以，有人说《有的人》这篇经典之作，是今天用以送别诗人自己最好的挽歌。这无疑是最恰当不过的。

我最早听到这首诗是在 20 世纪的 50 年代。那时我还是一个少年，参加北京市少年宫的朗诵活动，听演员朗诵时知道它、爱上它，也学着朗诵它。在此后的漫长岁月中，这首诗一直是我的座右铭，也成了我在公众场合、与亲朋好友聚首时的"保留节目"。后来我在书摊上买到了载有这首诗的、1955

年由作家出版社出版的《臧克家诗选》，更是爱不释手，一直摆在我书房的显眼处。

1978年春天的一个上午，经谢冕老师的介绍，我如约来到臧克家先生在北京的家中。简朴的小院、无华的客厅，摆设与布置如同诗人一样质朴、谦和、热情。得知我是谢冕的学生，他好像见到了知音，激情的话语、飞扬的情思、坦诚的述说，从他那浓厚的山东乡音中，忽而犹如小河淌水，淙淙流出、峰回路转；忽而好像大江奔流，一泻千里、起伏跌宕……我被深深地感染着。当我告诉他自己有一本他的诗选时，他顿时拉住我的手连说"好啊好啊"。他说他没什么了不起，只是一个农民的儿子，从小生活、成长在农村的沃土中。他熟悉农民、热爱农民。在灾难深重的旧中国，农民处于社会和生活的底层，饱受压迫与凌辱。他目睹了农民的苦难，从心里同情他们，哀其不幸，也怒其不争。所以，他说他非常理解鲁迅先生笔下的诸如阿Q之类的人物。他早期的诗歌创作大多以农民为题材，寄托他的同情、发出他的怒吼。在著名的《老马》一诗中，他写出了农民的悲惨，也写出了农民的无奈：

> 总得叫大车装个够，
> 他横竖不说一句话，
> 背上的压力往肉里扣，
> 他把头沉重地垂下！
> 这刻不知道下刻的命，
> 他有泪只往心里咽，
> 眼里飘来一道鞭影，
> 他抬起头来望望前面。

进而，在1942年创作的《无名的小星》中，他袒露了忧国忧民、愿意为改变人民的命运作贡献的心声：

> 我不幻想
> 头顶上落下一项月桂冠，
> 我只希望自己的诗句
> 像一阵风，吹上大众的心尖。
> ……
> 我愿意作一颗无名的小星，
> 默默地点亮在天空，
> 把一天浓重的夜色，
> 一步步引向黎明。

这首诗中流露出来的热情清楚表明了他为人民写作、为人民呐喊的创作原则：遵循现实主义，贴近人民、反映人民、激励人民。他称自己的创作"不是混着好玩，这是生活"。他不是在舞文弄墨，自我欣赏，而是把创作当作自我人格的宣言，他说他认为创作是"记录一个人是怎样生活过来、创作过来的，今后应该怎样去生活、怎样去创作"。也就是说，他自己的创作，就是自己的人生记录，为人民而创作、为人民谱写自己的人生。这就是臧克家先生在长达八十年的创作生涯中，始终笔耕不辍，生生不息的原因；是他的诗总从平实中透出深刻、从简约中透出突兀、从清淡中透出深邃的原因。因此，他最反对创作中的虚张声势、矫揉造作、哗众取宠。他对20世纪30年代初期所谓"现代派"的颓废诗风深恶痛绝；对此后文学创作中的浮华佻达与不负责任极为反感；对某些自称新潮的"朦胧诗"不屑一顾。他说，他读不懂，也不想读，他不知某些人的创作目的何在。最后，他归纳说："我看还是要先解决诗人怎么做人的问题、为什么而写的问题。"

谈起做人，臧克家先生说他最敬重的人是周恩来总理，敬重周总理的人格、人品。他说，做人就要做周总理那样的人。当然，不是什么人都能达到周总理那样的境界，但至少要认真地向他学。

在此后的一次拜访中，恰逢曹靖华先生前来看望先生。曹老听说我是北大毕业生，自然格外高兴。而臧克家先生一边让座一边说："曹老八十出头，却一个人拄着拐杖、挤公共汽车来看我。他这么有名的人，不摆架子，不麻烦别人，这是什么？人格！人品！"臧克家先生把这几个字说得很重很重，我从中更深刻理解了先生的为人标准。

那次离开的时候，先生突然走进书房，取出事先写好的条幅，说："上次说的条幅写好了，送你吧。"我高兴地接过来。本来以为先生忙，不会这么快就写好，所以见面时一直不敢提及，想不到他已写好。展开条幅，墨香飘出，是连缀写下的两首诗，没有独立标题，只在最后说明"干校诗二首抄奉"，上首是七言诗：

众立田边引吭喉，青天朗朗水悠悠。
歌声也带泥香味，早稻风前乱点头。

下首是五言诗：

临到休假日，说闲亦半忙。
案头还信债，池畔洗衣裳。

诗中描绘的全然是一幅农村劳动与生活的景致，轻松但味浓，充满了对大自然与劳动和生活的热爱、对亲朋好友的殷殷深情，俨然陶渊明笔下"采菊东篱下，悠然见南山"的世外桃源。如果不是在结尾处注明"干校诗"，我无论如何想不到那是他在下放劳动和接受再教育的艰苦环境下写出的。诗中这种内心感受的真实流露，再次深刻印证了臧克家先生对生活的热爱、对未来的憧憬、对友人的真挚。如此说来，先生之所以能写出如《有的人》那样爱憎分明、意境高远、思想深刻的作品，实在是水到渠成了。

臧克家先生的诗不靠华丽辞藻，全凭真情实感。他以此见长、以此动人。记得苏东坡在评价陶渊明的作品时说，辞藻华丽与堆砌，未必高远，只有写出平淡，才是最高境界。我以为，臧克家先生的诗恰恰具有在平淡中见高远的魅力，亦如列夫·托尔斯泰所言，"没有单纯、善良和真实，就没有伟大。"

　　是的,臧克家先生的诗中充满单纯、善良和真实!而正是单纯、善良与真实,彰显着臧克家先生的伟大!

(2005年4月)

好人做好事　自有好作品

这部洋洋洒洒的《法制人生》，实则是作者虞能祥风风火火的新闻人生，是他从业三十余年的足迹与心路历程的生动写真。文如其人，人如其文！心路与足迹、事业与人生，剔透大气、光明磊落、表里如一，无不彰显着他的人格魅力与才气和能力！

当今中国的社会生活可谓精彩纷呈、日新月异，却又不乏困惑、无奈与浮躁。为了实现伟大目标，人们奋进着、奉献着、希冀着，却又功利着、谋取着、牢骚着。这似乎是一个矛盾着的统一体，但又是无时无处不有的客观现实。此种多元化社会生活也在拷问着人们的思维与选择。有人以识时务者自居，随波逐流，渴望鱼和熊掌兼而得之；有的以为不捞白不捞，唯利是图，无视道德与法律底线，疯狂攫取，不择手段；有的则矢志不渝，执着坚守，鄙视世俗，不仅洁身自好，还常置个人安危于不顾，挺身而出，仗义执言，伸张正义，维护宪法和法律尊严，维护公平正义，并为此奋斗不息，即使遭遇挫折，也不屈不挠，无怨无悔，依然如故。正是在这后者当中，闪现着虞能祥的精彩人生！

三十三年前，应党的十一届三中全会确立全党工作重心转移到以经济建设为中心上来、邓小平同志发出"发展社会主义民主，健全社会主义法制"的庄严号召之运而诞生了一张报纸，即《法制日报》的前身——《中国法制报》。处于初创时期的这张报纸，诸事待举、各业待兴。而作为中央级大报，首都北京的宣传报道，占有重要地位，多么需要政治上强、业务上精、法律上通的人去担当！当时，我们从多位候选者中毅然决然、毫无争议地选定了虞能祥。尽管当时北京日报社和北京市委宣传部的领导舍不得，还是把他支援给了《法制日报》。

　　伟人说过，一个人做点好事不难，难的是一辈子做好事。虞能祥正是以此为座右铭激励自己。对待工作，他总是热情饱满，不辞辛苦、勤奋敬业。当时，报社为大部分驻地方记者站配备了专用车辆，而他却始终不要。无论日晒雨淋，风雪交加，他都坚持骑着自己的自行车四处采访，走南闯北。更为难能可贵的是，他平时把大部分的时间和精力用于跑基层、下一线，体察社情、民情、警情，与百姓、政府工作人员、政法干警交朋友，了解他们的工作和生活，总能及时发现和抓到别人难以捕捉到的鲜活新闻。靠着他政治上的敏锐与慧眼，采写并发表了多篇令同行们佩服不已的独家新闻和内参特稿，有的至今仍为业内和社会人士所称道。这些报道，不仅及时宣传了党和国家政法和民主法制建设工作的大政方针，而且有力地促进了相关单位和部门的工作，向广大人民群众传播了法律知识，引起了强烈反响，受到好评。他的多篇新闻作品多次获得中国法制好新闻奖、社会治安综合治理好新闻奖等奖项，硕果累累。

　　回首与虞能祥长期共事的日子，他作为一名资深政法记者所具有的强烈的正义感，对某些粗暴践踏法律，并在社会上造成恶劣影响的案件和现象疾恶如仇，敢于运用新闻监督武器予以曝光。加以揭露的大无畏精神深深地感染着我们，令我们钦佩、记忆深刻。他的这种精神在他退休之后仍不减当年，他继续抖擞精神，凡路见不平，便四处奔波、为民请命，有时自己贴钱，也要帮人讨回公道。有的案件辗转多年、历尽曲折，他也乐此不疲、毫不灰心，不水落石出决不善罢甘休，精神实在感人。本书中收入的他撰写的一些案例即属此类。可以说，每个成功的案子，都浸透着他的辛劳和汗水！

　　虞能祥平日待人热情、乐于助人。无论是报社还是个人，只要找到他，他都当成自己的事，千方百计认真去办。报社或社会上得到他帮助的事和人可以举出多例，被大家广为传诵、津津乐道，一些人至今仍不忘他的恩德。

　　功夫在诗外。当我们捧起他的这部沉甸甸《法制人生》的书稿，品读每段文字、凝视每幅图片，无不觉出它的分量。再联想到他几十年来一贯的做事、为人，油然悟出隐藏在字里行间背后的深刻哲理：做事先做人，好人做好事，自有好作品！

作为和虞能祥共事多年的老同事、老朋友，得知他的这部《法制人生》一书即将出版，深感欣慰，更表祝贺！应他之邀，写了上面的文字，略表心意，作为序言。

（2013 年 7 月 30 日）

说与写的思辨

——铁路警察王勇平印象

我是经朋友介绍与王勇平相识的。

那是一个夏日的傍晚，在广州市中心我下榻的宾馆。握过手，彼此互换名片后，我们开始了交谈。

按照我个人多年的体会，与人初识，谈话难以投机，无非寒暄、一般沟通、不咸不淡；或许分手即忘，日后提起，仅是曾经谋面、未有深交。然而，王勇平之于我，似乎全然没有这种状态，却大有一见如故、相见恨晚之势。面对我，他犹如汇报，亦似报告，以至于全心投入、滔滔不绝。什么局里职责、管辖范围、典型案例、干警生活……总之，不顾我是否想听、爱听，反正他一股脑儿地推出。此时，我也如堕五里雾中，不知他把我当成了什么，是领导？是同事？是朋友？我说不清。反正我不是以记者身份见他并采访的。

不过，我倒要感谢他。因为他的一席"演讲"内容丰富、事实生动、语出精彩，深深打动了我，萦绕脑海，难以忘却，那一件件、一幕幕编织着的人和事，令我欣然命笔，竟在不久之后草成一篇散文。

这便是我与王勇平的初识，难忘的初识。此后，我们成了朋友，见面、通电话的次数多了。读了我的散文，他送了他的散文集《秋山驿路》给我。那文采飞扬的文字、生花的妙语、饱满的激情，让我看到了他作为文化人的一面。这时我才如梦方醒，也许散文正是我们一见如故、心有灵犀的精神共振点吧。

我在那篇题为《听警察讲警察的故事》的散文里说他不像警察，我直言不讳地讲了理由：他文质彬彬，百分之百的文人气质；他并不壮实的身材与举止，似乎令人难以将他与彪悍豪放的警察形象衔接上。他似乎看出我的疑心，变得十分严肃，有板有眼地说：我是警察，真正的警察——铁路警察头儿！

千真万确，那次的相见，他给我留下了极深的印象。

此番，他从遥远的南国寄来他的新书稿《警坛余音》，嘱我作序。透过那清晰的文字，仿佛又听到了他滔滔不绝、行云流水般的讲述，但已不是《秋山驿路》中的山水人情佳话，而全是铁路警察的看家本事——从日常警务到从优待警，从班子组建到队伍建设，展现了铁路警察工作的方方面面。作为高级警官的他，以敏锐的视觉和深切的感受，纵论新时期铁路警察建设，是一本很有价值、很值得一读的铁路公安业务的"词典"。翔实的材料、雄辩的论述、鲜明的观点、严谨的逻辑、缜密的语言、娓娓的述说，无不显示着他的执着与追求、钻研与探索、博学与进取。的确，他不是一个一般的警察，他是一位铁路公安局党组书记！他在自己的岗位上，按照党的要求，带领干警确保千里铁路线的安全，牢牢把握着政治方向，把思想政治工作和干警队伍建设做深做细。他的一举一动、一招一式，又都与铁路警察的光荣使命、繁重任务紧密相连、水乳交融。他的这本书稿体现着所有这些内容，而这又恰恰让我们看到了他出众的组织领导和政治工作才华。

尤其令我佩服的是，收入此书的文稿几乎全是他出席会议时的讲话、深入基层与干警促膝谈心时的"脱口秀"。

荀子有言："口能言之，身能行之，国宝也。"以此说，王勇平同志堪称既能言之，又能行之的优秀的铁路公安领导干部。在我同他以及他的同事的交往过程中，他留给我最深刻的印象，一是他政治上坚定的品格。他对贯彻执行党的各项方针政策和上级公安机关的指示严肃认真、一丝不苟，这在他的书稿中随处可见，从他日常工作的表现中可以得到充分体现。

二是他到广铁公安局党组书记岗位上后，时间和精力用得最多的地方是深入基层、调查研究、指导工作、解决问题。广铁公安的辖区包括广东、海南、湖南三省几千公里的铁路，覆盖面广、情况复杂、责任重大。他在不长的时间里，走遍了三省的广阔土地和漫长的铁路线，站站点点，处处留下了他的足迹、洒下了他的汗水、回荡着他的声音！在我们此后的交往中，基本上很少谋面。平时，我们通个电话，聊上几句，问候一下，多数情况下他都是在基层、在一线。偶尔他到北京开会，上午开完，下午就返回。我以为，正是他这种深入群众、不尚空谈的求实作风，使他掌握了大量基层和一线的第一手材料，得以有效地研究新情况、解决新问题，成为他这些文章的"源"，也成为他出口成章的"泉"。而平时坚持理论学习、加强文字修养、钻研业务的深厚功底，则成为此书的"基"。正如毛泽东同志当年所说，人的正确思想是从哪里来的？是从天上掉下来的吗？不是，是从人们的实践中得来的。王勇平不是什么超常之人，而是扎实之人，肯干之人！

三是他心里平日最记挂的是自己的干警兄弟，这是每次我们通话聊天时他谈得最多的。干警们的工作学习、喜怒哀乐、家庭生活，仿佛都装在他的心里，尤其对那些模范干警的事迹，他都能如数家珍、一一道来，每每谈及，他总是情真意切、称赞不已，这也是我之所以初次与他见面，就能迅速写出一篇散文的源泉所在。

我清楚记得，一次我们见面时，他对在场的一位干警颇有歉意地说，听说你父母来了，我刚从下边回来，还没来得及看望你的两位老人。他还知道，两位老人次日清晨就将返回老家，他嘱咐那位干警代他问好。当时已是晚上10时许。但事后我才知道，他放心不下，还是连夜前去看望了，那位干警感动不已。如同冬日送暖，王勇平用自己的真心送去了党的温暖和组织的关怀。强有力的思想政治工作，王勇平就是这样做得细致入微、实实在在！

此书虽是"口说"出来的，但反而更加展现了作者的气质和才华，如《从优待警是建警的基本方略》一文，他站在物质与精神的高度，通过对需要与可能、现实与未来、中国与外国和地区大量实际情况的分析比较，由表及里、深入浅出，用理论与实际相结合的有力论述，令人心服口服地阐明了从优待警的必要性，并提出需要解决的种种问题。没有较深的理论功底、丰富的知识积累、深入的调查研究，是万万说不出的，我从中看到的是王勇平作为一名党的政治工作者具有的水平和风范。在《人民警察要经得起特殊的考验》一文中，王勇平以谈心的方式真情对白、娓娓道来，全无居高临下、盛气凌人之气，也无空话连篇、大帽子压人和生硬之感，以至于令听者产生共鸣，句句入心，流下热泪。这分明是领导与群众平等的对白，是心灵的融合，是兄弟般的深情！如果对干警没有很深的情感、没有对他们的理解和关爱，同样说不出这样感人肺腑的话，达不到这样的效果，也产生不了如此强大的凝聚力。从中我们不难看出王勇平的人格魅力。他在从优待警那篇文章里引用的一位领导同志的话叫"事业留人，待遇留人，感情留人"。看来，他是实实在在地实践着这种"三留"精神。

　　写与说其实是一回事。写无非是把要说的用文字记录下来。说是心声，写是记录。如是观之，与其说此书是用嘴"说"出来的，不如说是用心"写"出来的。

（2002年9月6日）

往事微痕

沉下去与浮上来的时日

——一位法制新闻记者的心路历程

收到冉多文先生沉甸甸的一摞书稿，我的心不禁为之震动。多文，作为《法制日报》一位驻地方记者站的记者，在出色完成业内任务的同时，能写成涉及历史与现实重要案件的长卷，以其独特的视角与感触展示中国社会的又一层面、发出警示社会的呐喊，我由衷佩服！

黑格尔说："用什么样的头脑研究现实，这对于经验具有巨大的意义。伟大的头脑做出伟大的经验，在五光十色的现象中看出有意义的东西。"大千世界，无奇不有，林林总总，五花八门，令人目不暇接、眼花缭乱。这里有风和日丽，也有凄风苦雨；有似水柔情，也有血腥杀戮。正义与邪恶、光明与黑暗、美丽与丑陋、善良与凶残，形成强烈的对比与反差！这种对比与反差，在形形色色的案件，尤其是重大刑事犯罪案件中被展示得淋漓尽致，令人叹为观止！扑朔迷离的案情，物是人非，人是物非的场景；似花非花，是雾非雾，真相被掩藏、人性被扭曲，混沌沌、乱哄哄，非理性、费思量！探究其间，真真的一个别样世界，一个变了态、换了型的世界。

我们的广大政法干警面对的就是这样的世界、这样的现实。而既非刑事警察，亦非检察官、法官的法制新闻工作者，由于其职业和责任使然，也同样必须面对这个世界和现实。为了采访到真实的一切，他们必须首先"沉"下去，亲临那血腥与肮脏的境界，与那些罪犯或犯罪嫌疑人"促膝长谈"，以留下场景和瞬间；为了写作，他们又必须"浮"上来，冷静审视那疯狂与恐惧、血腥与肮脏，探究那些变形人的嘴脸与灵魂、挖掘令他们沉沦的土壤与根源，

126

打开黑暗的角落,让阳光照进来,让善良的人们警醒起来!这就是法制新闻记者的神圣使命!

长期的法制新闻工作实践,使我本人和记者们都有这样的体验:每次采访那些罪犯或被告人的过程,也是我们的心灵不时受到震撼的过程,他们的残忍、忏悔、疯狂、泪水,都使你不得不置身于属于他们的那个变形的世界。但是我们又必须冷眼观之,为之所动,又不为所动,并从中悟出些真谛来,再以自己的作为通过文图感召千千万万的读者。这不是一个轻松的历程啊!实实在在地说,能将这整个过程顺利完成、将其中的诸多元素有机结合并最终拿出像样的新闻成品来并非易事,且不是所有法制新闻记者都能轻易做到的,个中滋味,自在心头,其中的高低之分、文野之分,不言自明。犹如作家采风,同去同回,有人满载而归、思绪如泉、佳作连连;有人则两手空空、枯井寻影、一无所获,虚了此行,还怨天尤人。现实生活和社会生活的源泉对所有人一视同仁。收获不同,显示了人的素养与才能的不同。有人能从萋萋芳草中寻觅到鲜花、从莽莽大漠中发现奇石、从漆漆夜色中看到光点;而有人入绿洲却如入荒漠,一片迷茫,或熟视无睹、无动于衷。说到底,是一个人的水平、能力、底气的问题。

多文堪称一位佼佼者、一位用心良苦者、一位刻苦耕耘者。多文的这本《中国社情警示录——一个法制记者二十年见闻写真》向我们展示了他作为一名出色的法制新闻记者的才华与功底。尤其他的敏锐,使他能抓住稍纵即逝的瞬间,诚如他自己所说,《大海之祭》的采写,"得到这条采访线索,纯属偶然"。他在一次采访中,从国家安全生产监督管理局一位领导同志口中无意间听到新中国成立前上海也曾发生过一起特大海难事件的信息。对此,有的人可能一听了之,但这却"引起了我的注意","会后,我找到这位领导打探",得知"这起海难事件,至今从未公开过,要了解可去上海"。就这样,采访毕,他立即赶往上海,一阵紧锣密鼓式的采访,最后写成这篇洋洋万余言的纪实文学《大海之祭》。真是言者领导无意,听者多文有心。他的新闻敏感度与勤奋耕耘由此可见一斑!

我与多文共事十余载。由于分工的原因,我们直接合作或亲密接触的机会与时间可以说很少，但事业所系、工作所需，我和他总在朝朝暮暮、时时刻刻、年年月月中有一线相牵、一息相通。我把它称为有形与无形的握手、有声与无言的契合。作为《法制日报》驻青岛站的站长，十多年来，冉多文始终以青岛为其大本营，足迹遍及城乡哨卡、山峦海角，他热情饱满、不知疲倦地工作着、奋战着。他人在青岛，心怀全国，脉搏所动，心力所致，均系于党和国家法制建设的大局，走动的是大棋局中的一子，发出的是事关宏旨浑厚乐曲中的一个强音！在我的印象中，每当报社部署重大采访报道任务，你无须不厌其烦地催促他，也不必反反复复地向他做传达。他总能很快吃透领导的意图，领会报道的宗旨，把握基层政法机关和人民群众的呼声与要求，适时地交出合格的稿件，抢占新闻报道的先机。这正是多文作为一名出色法制新闻工作者高素质的集中体现，是他能拿出这本图文并茂、洋洋洒洒几十万字鸿篇巨制来的底气！

　　历史是一面镜子。案件是释法、宣传法治的有效载体。彭真同志生前多次说，他非常喜欢读《法制日报》刊登的各类案件。记住历史，包括解读重要案件中的教训，是帮助人们学法、用法、守法、护法的有效方法之一。而记录历史、解读有教育意义和现实意义的重要案件，恰恰是法制新闻记者的神圣使命和重大责任。冉多文这个集子中的作品，就其时效和篇幅而言，毫无疑问是他工作任务之外的"副产品"。将它们撰写出来、发表出来，不是为着好玩、哗众取宠、个人出名，而是为了兑现一种责任，而为担负起这份责任，不能只讲一句空话，它需要一种吃苦精神、一种献身精神！

　　多年来，我们的记者在采访重大案件时，不时遭遇人身安全威胁，多文也不例外。除去人为原因，大自然也在时时向他们挑战。多文在《天尽头下访天鹅》一文中，不是记下了他为拍摄天鹅活动照片，身陷泥潭，险些丧命的惊险一幕吗？要奋斗就会有牺牲，记者是勇敢者的职业！人没有勇气，就不会留下脚印；没有责任感，也始终走不完预想的路程！哲人说得好，只要天空中还有星星闪烁，我们就不必害怕生活的坎坷。让别人去做生活的骄子吧，我们的使命永远是开拓！我以为，冉多文就是这样要求自己，勇往直前的。

多文这个集子中的作品，篇篇都有翔实的内容、曲折的情节、深刻的背景、饱满的激情，是一本名副其实的纪实文学集。既是"纪实"，真实就是生命，不可胡编乱造、随意涂抹。我们看到，集子中的作品，内容都经作者深入采访，查询史料，有根有据。许多篇章都如实记录了作者与被采访者的一问一答，现场感很强。既是"文学"，写作上又不可雷同于一般的新闻通讯，必须有文学的某些基本要素、特征与技巧。应该说，多文是这样做了，无论是在《"井风冤案"探秘》、《"金三角"的黑色走廊》、《"人性边缘"的女囚》，还是《延安"窑洞监狱"的社会档案》、《轻叩香格里拉的门扉》、《贩婴的浊流暗涌》、《戈壁：一曲难以湮没的挽歌》等作品中，从篇章结构到语言运用，均不乏文学手法和色彩缤纷的形象化语言，情节起伏跌宕、悬念丛生，文学韵味浓郁。而作为"警示录"，书中又有大量的"点睛"之笔，包括作者直截了当地夹叙夹议，使文章主题得以升华，振聋发聩。

多文的阅历与学识，使他有写作此类作品的雄厚基础。他毕业于中国人民大学法律系，是法律"科班"出身；后又学习美术，毕业于山东艺术学院美术系，出身于美术"科班"；而长期从事法制新闻工作的记者生涯，又使他具有了丰富的新闻工作经验和大量的社会生活与素材的积累。他能文会诗，工曲善画。至今我还保存着他赠予的绘画和书法作品，从中能窥见他扎实的艺术功力和文化素养。他还主持并参与了多部电视艺术片的编剧与制作，播出后均收到了良好的社会反响。他博闻强识、勤奋努力，将法学的客观与冷峻、新闻的敏锐与迅捷，文艺的形象与生动等诸多优势集于一身，如虎添翼，得心应手，挥洒自如。

多文平时是那种总与领导保持距离的人，用他自己的话说，就叫"俺就会用工作说话"。他又是一个任劳任怨、不叫苦叫累的人。每次布置任务，不管急的不急的，大动作的小动作的，问他有什么困难，他总是淡淡一笑："大的小的不都得干吗？有困难，克服呗，想办法呗！"最终他总能出色地完成。

写到此处，我不禁想起王国维在《人间词话》中引用宋词名句说过的话："古今之成大事业大学问者，必经过三种境界：'昨夜西风凋碧树，独上高楼，望尽天涯路。'此第一境也;'衣带渐宽终不悔,为伊消得人憔悴。'此第二境也;'众里寻他千百度。蓦然回首,那人却在,灯火阑珊处。'此第三境也。"我以为,这也正是冉多文长久以来孜孜追求并实践着的心路历程!

(2005 年 11 月)

迎着阳光前行

——记老兵吕文福的多彩人生

季羡林先生曾说，人生是一个变幻莫测的万花筒！窃以为先生所言极是。

一个人无论出身贵贱、家境贫富、学识深浅、地位高低、结局如何，在人生路上总会留下自己的足迹。人生或平顺、或曲折、或扶摇、或沉沦、或留名、或无闻……林林总总，千姿百态，的确是令人眼花缭乱的万花筒！

但古往今来，总就有一些自命不凡，以为看破红尘与世态炎凉，进而心灰意懒、失魂落魄、不求进取、消极度日、虚度年华的人。对此，季先生指出，其实对于人生，非但那些自命不凡的哲人们自己也越说越糊涂，天下芸芸众生中，恐怕也没有哪一个人能够说得清楚。进而，先生又说，对于世界上许多人而言，人生一无意义，二无价值。因为这些人从不曾思考过这样的哲学命题。走运时，他们可以恣睢骄横，飞扬跋扈，不可一世，终日昏昏沉沉，浑浑噩噩；背运时，则穷困潦倒，愁眉不展，长吁短叹，惶惶不可终日，苟且偷生；过得去时，便忙忙碌碌，东游西逛，或被困于名缰，或被缚于利索，不知究竟为何要活过一生。

不难体会出，先生的这些话语实乃愤慨之言，恨铁不成钢之言，是对那些胸无大志、品行不端、一味追逐个人名利、患得患失者的鞭笞与蔑视！他认为，过得有意义才是一个人真正的人生！其价值和意义就在于：自己的人生能够在社会不断发展越来越进步的进程中，承担了自己那份哪怕是微不足道的责任和使命！季羡林先生的这些话，是何等深入浅出又深刻中肯、振聋发聩！这不禁令我想起苏联作家奥斯特洛夫斯基那脍炙人口的名言："人的一生应当这样度过，当他回首往事的时候，不因碌碌无为而悔恨，也不因虚度年华而羞耻。"这才是真正意义上的人生，有价值的人生！无可讳言，人生肯定不会一帆风顺，总会有许多坎坷，甚至危险与苦难等诸多不如意。但只要直面现实、勇于进取、奋力拼搏，无论成就大小，就都没有愧对人生，就都是美好人生，就都值得尊重与赞美！

吕文福先生在书稿《人生如歌》中展示与诠释的人生，犹如再次为季先生的论断找到了一个鲜活的佐证，一位可亲可敬又光彩夺目的退伍老兵的形象跃然纸上！

吕文福的整本书稿生动再现了他六十多年来生活、学习、工作、交友等人生旅途中的多彩画面。他对笔下精心描绘的一幅幅生动鲜活的场景如数家珍，他娓娓道来的平凡却又难忘的经历令人印象深刻，尤其作为一位退伍老兵，他对多年军旅生涯的深情与眷恋感人至深，而这也是他人生旅途中重要的组成部分，是一段颇为精彩的人生轨迹！

以苦为乐、奋勇向前，最能体现一个人的意志品质！吕文福在书稿中《炮校生活》一文里，细致描述了他当时所在部队和军事训练中的艰苦环境及生活条件，同时又兼形势严峻、备战紧张的环境，既艰苦又紧张，对每个人都是严峻的考验。吕文福是如何面对的？他以乐观开朗、处变不惊、以苦为乐的大度心态面对一切！他在文中描绘军校是"置身于田园风光之中"的胜地，军营内正有"海棠花的芬芳扑面而来；万绿丛中，新枝嫩叶，预示着新的岁月更始"。在他眼中，军营变田园，他和战友们正在花香扑鼻的新枝绿叶中训练和生活，充满了乐观向上和对美好未来的向往！这是多么开阔的视野和博大的胸怀！

当年，吕文福曾一度举家从山东老家迁往东北安身。面对当时东北严酷的自然环境和陌生又艰辛的生活状况，他依然不沮丧不泄气，乐观面对、设法改变，并用动人的笔触描绘东北地区美丽的自然风光和东北人民的勤劳、纯朴、善良。回顾那段日子，他在《人生驿站》一文中进一步袒露了他的胸襟和对美好未来的憧憬。他写道："感谢生活，是生活使我受到磨炼，使我学到很多知识，丰富了我的阅历。"

读到他的这些文字，不禁使我想起了和他相处和一起工作的日子。在我心目中，他的确是一个"乐天派"，诸事难不倒他，最有能力迎接困难、解决问题！他负责管理的部门众口难调、头绪烦琐、矛盾频发。问起他，他总回答说："没什么大不了的事，我能解决，领导放心，保证不误事！"事后再问他，他仍旧笑呵呵地回答："早就过去了，让您惦记！"

退休以后，吕文福更是心情豁达，时而会会老战友老同事，时而外出走走，看看祖国大好山河，有时触景生情、心情愉悦，诗句便脱口而出。他说："六十岁，是人生的新坐标，总结过去，开始新的航程，永葆生命中的青春活力，才能活得更有意义，更能丰富人生！"

吕文福曾多次跟我说过，年幼时，因家境贫寒，他没有条件和机会接受更多的教育，只是参军后，才有幸读完军校。在部队，他当过炊事班长、管理员和政治指导员。转业到地方后，凭借自己的努力和能力，他被提拔到了相应的领导岗位从事行政管理工作。但不管身处哪个岗位，他总是不当甩手掌柜，而是亲上一线，一丝不苟、力求完美。

吕文福在法制日报社工作多年，他羡慕编辑记者的工作，认为他们学历高、知识多，而自己读书少，不能像他们那样在法制新闻宣传报道一线奋战。但他不失落、不气馁，总是利用工作之余认真读书看报，努力提高自己。他喜欢文学，通读了《红楼梦》等古典文学名著，对书中的人物命运、彼此的关系、生活场景等如数家珍，十分熟悉。他尤其喜欢古典诗词，并潜心学习，王力先生的专著《诗词格律》一书，时刻放在枕边，时常挑灯夜读。他自己还时有诗词之作，发表后颇受好评。社里人都夸赞他："吕处长真是文武双全，是社里的名人！"每逢此时，他便开玩笑说："要说有知名度，还得数俺山东老家梁山。"因为，他早被梁山县乡亲推举为梁山县北京同乡联谊会会长。他说那是乡亲们信任他，称他是家乡发展的热心人，而他能为在京老乡相互联系办事跑跑腿、打打电话、招呼招呼，尽点地主之谊，十分光荣！他珍惜这份信任，并乐此不疲，尽心竭力！

孔子是讲天命的，他说"子有三畏"，第一畏就是"畏天命"。他称不知天命之人是小人，"小人不知天命而不畏也"。天命之说似乎是个千古命题。

信奉者常以此平复心态、找到自我,而叛逆者则勇于抗争、体现自我。从吕文福这位老兵的精彩人生中,我们可以清楚地看到,在困苦磨难面前,他不屈不挠,不在困境中怨天尤人,不为命运所捉弄,而是乐观通达、知难而进、勇于面对、努力进取。他不攀比,立足实际,脚踏实地,以体现自己的人生价值!

  吕文福常说,人的心中,永远要有一个太阳。迎着阳光前行,前面就永远是光明的,就看得见大道,就能大踏步地走向前去!我以为,他的这本《人生如歌》就是一本阳光之作,一支充满活力、永不言败的励志之歌!人退休了,他的心境没有退休、志向没有退休!

  老兵文福,战士情怀与风采常在!衷心祝愿你向着灿烂的阳光,继续坚定地向前进、向前进!

  我们分明看到,正在朝着阳光行走的,依然是一位光荣的退伍老兵!

(2015年5月)

孜孜不倦的歌者

——记"神交者"曹进堂

一个人写一本好书去传递正能量，培育和构筑社会主义核心价值观，同时传播相关文化知识、提高民族素养，从而激发正在为实现中华民族伟大复兴中国梦的亿万人民群众的斗志，无疑是极为有意义的事。对呕心沥血、为写书而辛勤付出的作者们而言，他们的作品，是他们个人品格、思想、学识、才干的展示，是沉淀在他们人生道路上的深深痕迹。

然而，目前社会上流行着的另一种时髦也颇令人玩味：有的人绞尽脑汁、处心积虑，将自己本无太大意义、内容空泛又缺乏审美价值的所谓"作品"生拉硬扯、东拼西凑，千方百计，强行出版，以为已镀金；有的人将出书立传作为个人扬名升迁的资本，自己本无能，却不惜工本，雇用"枪手"、请人"捉刀"；更有甚者，搞起权钱交易，沽名钓誉，将他人的作品"买"到自己名下出书，招摇过市，以示才华。凡此种种，不一而足。

人过留名，雁过留声，本是常理。一个人，从生到死，即使平平淡淡、匆匆而过，也依然会留下自己的人生痕迹。从事各种职业的人，自然会留下职业和事业的痕迹，无论是成功的还是平庸的，哪怕是失败的，总之都会留下痕迹，只不过有的仅仅是不起眼的、属于个人的、不为世人关注或没有任何影响力的痕迹；有的则是对推动人类经济增长、社会发展进步曾经发挥或仍旧继续发挥重要影响力的痕迹，诸如那些大思想家、理论家、发明家、艺术家的作品等。一言以蔽之，人无论能力大小，总能留下人生痕迹。著书立说，当然是一个痕迹，而且是一个可长久存在的痕迹！通过辛勤耕耘而留下于社会有益的作品的人，理所当然会受到世人的尊敬和赞许。反观采用不正当手段出书，欺世盗名，以其达到不光彩目的者，则无异于恬不知耻了。

但是，人们身边偏偏还有另一种人：他们勤于耕耘，果实累累、文章多多，却未曾想到要结集出书留名。我的老朋友曹进堂先生就是这样一个人！他在行政工作岗位上辛勤耕耘三十余年，主要靠"八小时之外"的业余时间，"点灯熬油"，夜以继日，勤奋写作，先后在中央和地方各类报刊上公开发表评论、随笔、杂文、论文、新闻报道等作品3500多篇，总计200多万字，却一直没想到要给自己出一本书。他与那些处心积虑、不择手段出书为自己涂脂抹粉、树碑立传、沽名钓誉者相比，堪称一个"另类"！

"我那主要是为配合工作，表明态度，针砭时弊，有感而发的，写完了，想表达的意思说清了，心里就踏实了！没想过要出书啥的。"他脱口而出，如此解释。

他的率直、坦诚、无私，令我在钦佩的同时，油然而生几许惋惜之情。后来在我的强力建议与"诱导"下、在其夫人的积极支持下，他终于改变初衷，"幡然醒悟"，同意将其作品整理出书了。

以往，我曾多次应友人之邀，为其作品撰写序言。友情为重，盛情难却，加之熟人熟文，轻车熟路，笔走龙蛇，水到渠成，自然顺畅成章。然而此时，当我面对摊开在案头上的、曹进堂先生送来的一摞书稿，却顿觉茫然，犯起难来，一时不知从何处下笔。

难道和他不熟悉？相识三十余载的老朋友，焉能不熟？

难道不了解他的作品？我在翻看时，其中有的文字，尚能依稀搜寻到我当年编发见报时的影子，岂能生疏？

难从何来？笔涩何为？

我陷入深深的回忆，与他相识的往事历历在目，蓦然醒悟：曹进堂是我既熟悉又陌生的一个人！

20世纪80年代初期，我在报社当编辑。每天从整麻袋的群众来稿中"沙里淘金"，挑选好稿，是编辑们最重要的工作之一。诸如评论、随笔等可起画龙点睛作用的言论性稿件，更是一稿难求。记得一日，我偶然发现了一篇评论来稿，用的是绿格子稿纸，字迹并不工整，却易于辨认。文章立意正确、针对性强，文通理顺、文字精练。我如获至宝，很快编发见报。那"曹进堂"的署名，自然也留在了我的印象中。或许是受到此稿发表的鼓舞吧，此后他便陆续寄来稿件，我和同事时有编发。时间长了，得知他的工作单位是国家商业管理部门，工作岗位是信访处，负责处理群众来信、编发内部刊物《来信摘报》。这使他每日能听到大量的群众呼声、接触到大量基层情况，他便在编辑简报的同时，针对群众反映强烈的问题，在工作之余写成稿件，投送报刊。他实际上每天也在文字海洋中畅游。从此种意义上说，我们也是同行。为了寻求好稿件，我有时会和他通个电话，但彼此只是相闻其声，未谋其面；只见其稿，未见其人。这样持续了很长时间，他的稿子时常在我们报上刊出，他这位勤奋又有才华的作者，便和我一直持续着"神交"。

记不得具体时间了，反正是以年计数后的一日，他现了"真身"，来到报社，站到我面前，说："我是曹进堂，给您送篇稿，请您指点。"我抬头一看，这是一位衣着朴素、敦实憨厚的中年人，操一口浓重的山东乡音。从此，我们就由"神交"变为"识交"。此后的十余年时间里，我们一直保持着联系，但仍极少见面，通电话，话题都是关于稿件的。后来我们相继离开工作岗位，而他则被返聘，仍干老本行，继续着他的写作，并不断在各类报刊上发表文章，对此我就知之甚少了。这期间我们不再有联系。直到时隔十余年后，我们偶然再次邂逅，并于2014年春节期间小聚。屈指算来，彼此三十余年的交往，相互见面的总次数，满打满算，恐超不过十次，而维系我们之间深厚友情的始终是那种神韵——写作，用当前流行的话说就叫"以文会友"吧。我以为，这是一条心灵相通的纽带、一条有形或无形的心路、一把让友情经久不衰的金锁……

为文难，做人更难。文如其人。做好人，才能出好文。从此种意义上说，作品其实就是人品！据我所知，曹进堂先生年轻时曾是中国人民解放军中一名光荣的士兵和军队干部，曾连续四年成为济南军区的标兵，多次立功受奖，后调到解放军报社从事行政工作十几年；转业到国家机关工作后，他依然发扬部队的优良作风，以军人的品格和情怀，在自己的岗位上，时刻不忘使命、恪尽职守、不畏艰苦、不计得失，踏踏实实、兢兢业业地完成每一项任务，撰写每一篇美文。

翻开曹进堂的作品，篇篇彰显着他政治上的敏锐、观察问题的准确，他能从纷繁的经济生活和社会生活中，捕捉到行业和社会上带有不良倾向的问题，写出警策性很强的文章。早在1985年4月，他就针对一些基层粮食部门利用公款大吃大喝的问题写出了《刹住利用公款吃喝的歪风》。针对商品销售中的不良风气，写出了《大家动手制止"搭售风"》。党的十八大之后，他又及时撰写了《实干是实现中国梦的关键》，阐发习近平总书记有关实现中国梦要万众一心、众志成城、空谈误国、实干兴邦的道理。此文在商业战线反响强烈。

翻开曹进堂的作品，篇篇体现出他密切注视时代发展，他站得高、看得远，能有针对性地研究问题，从宏观着眼、从微观剖析、鞭辟入里的思辨能力。1999年6月，他在《中国商贸》杂志上发表了《我国商贸业已具备加入WTO条件》一文，从多方面阐发"我国商业流通业对外实际开放程度要远远高于承诺的水平"。尔后，针对汽车销售有关电子商务的问题，于次年发表了《入世在即，汽车电子商务须未雨绸缪》一文，受到相关部门领导的重视，起到了积极的促进作用。

翻开曹进堂的作品，篇篇表露着他对业务的深入研究、对下情的熟悉和把握、对民生问题的关注。1984年9月21日发表在《食品周报》上的《不买挂面就不发粮票道理何在？》一文，严肃批评无视群众合法利益、转嫁企业负担的错误做法。寥寥二百字，字字铿锵有力、义正词严，为百姓伸张了正义。《修车小记》一文则热情赞扬了一位真心为百姓修自行车的个体户的服务精神、美好心灵。《信访也是信息源》一文，通过实例有力地说明了"信访也是个重要的信息窗口，只要各级领导重视，发现重要信息，及时深入调查，正确作出决策，就可以收到举一反三的效果"。

翻开曹进堂的作品，篇篇都展示着他很强的法治观念。市场经济就是法治经济。他在文章中时常运用法治思维观察问题、研究问题，并指出依法解决问题的思路。《运用法律手段统管社会商业》《只有依法经商才能避免上当》

《规范酒类产销立法势在必行》等文章，都是掷地有声的佳作，对商业法治建设起到了鼓与呼的作用，至今令业内人士记忆犹新。

翻开曹进堂的作品，篇篇都渗透着他辛勤的心血和汗水。三十多年如一日，退休后依然孜孜不倦、笔耕不辍。短至一二百字的小评论，长到上万字的学术论文，严肃庄重的政论、活泼轻松的随笔，他样样在行，得心应手！

翻开曹进堂的作品，除开商业行业本身的业务研究题材，他还撰写了大量新闻作品。从消息、通讯到言论，篇篇里手，质量不低。尤为难能可贵的是，他还撰写了一些有关新闻写作的研究、体会性文章。他真是个有心人！堪称一位不在专业新闻机构从业的、名副其实的新闻人！而综观其所有文字，浸透着的就是他不为名利、不居功自傲、一心一意为工作、勤奋写作的高尚人品！作为老朋友，我为有他这样的朋友而自豪！

鲁迅先生曾有名言：人生得一知己足矣！俄国19世纪著名文学批评家、哲学家别林斯基也说："真正的朋友不把友谊挂在口头上，他们并不为了友谊而互相要求点什么，而是彼此为对方做一切办得到的事情。"季羡林大师则说得更为深刻："人类是社会动物。一个人在社会中不可能没有朋友。任何人的一生都是一场搏斗。在这一场搏斗中，如果没有朋友，则形单影只，鲜有不失败者。如果有了朋友，则众志成城，鲜有不胜利者。"

纵观古今中外，先人哲人名人对友谊的论说不胜枚举。回想我与曹进堂先生漫长的交往过程，深感真正的友谊纯洁质朴、情义无价，不在吹吹拍拍，不在吃吃喝喝，不在朝朝暮暮，而在于心心相印、真真切切、长长久久！

写到此处，我才理顺思路，觉得这才是我要表达的心意、才是我要寻找的落笔之处，而此时也感到我对曹进堂先生又多了一分熟悉，添了几许理解，友情也更深了几分。总之，曹进堂先生在我心目中，是一位孜孜不倦、全身心地为工作、为事业的干才；一位心系百姓，在平凡岗位上为人民谋利益的有心人，一位为人民鼓与呼的、不倦的歌者！

或许他的这部文集早该出版。但是黑格尔说过，玫瑰灿烂绽放的瞬间，并不逊于高山的永恒！

值此《曹进堂文集》出版之际,作为老友,遵作者曹进堂先生之嘱写下上面的话,谨表衷心祝贺!同时权且以此文作为序言。愿他的文集与他高尚的人品,能够一同展示给读者!

(2014 年 12 月)

心境澄明　诗章泉涌

——记诗人万学忠

如串串闪光的珍珠，晶莹典雅；如条条小溪，淙淙流淌。没有过多的雕琢修饰，全是真情的倾诉，挚爱的告白，心灵的呼唤！这就是我打开《法治的气度》所收诗稿的第一印象。

你看："半江残冰半江月，一寺梅花一寺雪。"再看："昨夜虫声透窗纱，今朝早起觅新芽。"还有："最爱小月河边柳，总是羞涩问当年。"多么真挚的情感，多么动人的篇章！自然、深情、流畅。目之所及，情之所至，诗句如涌泉般流出，澄明而清澈。

综观万学忠收在此集中的诗作，可以看出，其大部分作品为近一两年所作，这不由得使我想起两年前，也是一个秋日，小万给我发了几首他新近写的诗，读后觉得很有味道，爱不释手。联想到一段时间从由他主编的法治网内刊《花家地网事》上读到过的他的一些诗作，惊异于他的诗才，便鼓励他说，以你的诗才，应该去当个新时代的诗人！他似乎一下子领悟了我的期许，未假思索，脱口而出："诗，须发乎心，我要先澄明自己的心！我会努力的！"

小万兑现了承诺，他把诗集初稿拿给我时，诚恳地说："陈总，正是在您的鼓励下，在您两年前要求我勤动笔的教诲下，才有了这本诗集。"我为此感到十分欣慰！

法治网总裁，也是个有分量的职位，但在我面前，小万总是像个学生，有时候甚至还流露出孩子气。获评长江韬奋奖，他第一时间告诉我；主持乌镇互联网法治论坛，他第一时间告诉我；中国新闻传播大讲堂录课了，他也第一时间告诉我……尤其令我欣慰的是，通读这本诗集，字里行间让我感觉到，在紧张繁忙的工作之外，小万保留并亮开了一颗澄明的心。不是吗？写春天：空山一夜雨，滴翠到天明；写夏天：白莲出水时，皎皎一轮月；写秋天：黄也逍遥，绿也逍遥，笑看霜叶满天飘；写冬天：寒星熠熠逐云尔，寂寂我心等梅开。情景交融，句句动人，意境深远！

与其说"才华"，我更愿意用"才情"形容在这本诗集中他所显露出的那种神韵。高兴时："今夜应歌小满曲，对花对酒对月眠"；悲伤时："大雪压松松不语，沉默本是春托付"；写恋情："至今犹记七夕夜，一单车，两人骑"；写思念："自我别后君何思，可曾忆起赌茶时"。而当他感到古诗词的含蓄风格不能淋漓尽致地表达自己强烈的情感时，他的现代诗则会发出咆哮般的呐喊："你看到了我在风中的舞蹈了吧？！别自作多情，那是舞给我自己的。你要读懂我，一个舞者的呐喊：我来到这个世界，不是为了做花的陪衬。"

不仅仅是呐喊，更多的是他诗作中的家国情怀、款款深情，寄托着自己无限的思绪与柔情。读那首《望月》时，自然会联想到李白那千古传诵的经典名作《静夜思》中的意境，还会联想到王维《山居秋暝》中"明月松间照，清泉石上流"那悠远宁静的晚山秘境。

小万从中国政法大学毕业后，便加入了法治新闻工作者的行列。在与他长期共事和相处的时日中，深感他对法治新闻事业的热爱与执着。他在岗位上努力进取、孜孜以求、不断前行；在做好日常编采工作之外，还潜心钻研法治新闻传播理论，并有自己独到的见解。正是长期的追寻与实践激发了他对法治的钟情，写出了散文力作《法治的气度》。

作为法律人，他讴歌法治：法治是寒冬的炭火，是沙漠的绿洲，是极夜的阳光！

作为新闻人，他讴歌记者：记者，你双眼为谁瞭望？双腿为谁奔波？热血为谁沸腾？铁肩担起谁的道义？振臂高呼，你为谁呐喊？人民！人民！人民！

正是一颗赤子般的澄明之心，成就了他的诗集《法治的气度》。

法律，对罪与恶，是钢枪利剑，铁面无私；对公平正义，是护身之平安符，柔情似水！

作为诗人，他心境澄明，情思万种，激情澎湃。或静或动，或行或止，或刚或柔，尽在笔下！这或许就是我从小万诗文中感悟到的情愫与力量吧！

　　诗言志，歌咏言，情不禁，诗自来！衷心祝愿小万的心更加澄明透亮，不断有更多佳作诞生，如同清风下的溪流，潺潺流淌，流向更远的远方！

（2022年11月9日）

Part 4

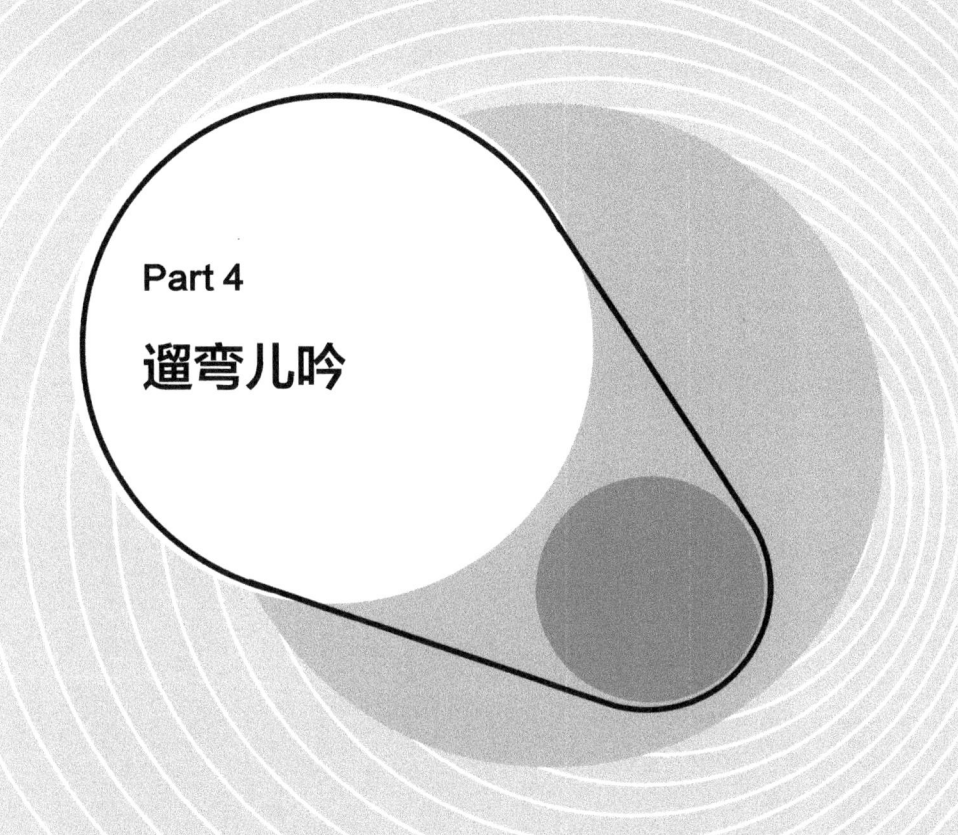

遛弯儿吟

不叹光阴往前数

一年三百六十五,
晨星夕照日当午。
一双老腿丈天地,
漫踏四季度寒暑。
山水楼台任我拍,
赏心悦目乐无属。
栉风沐雨走闲庭,
爽气在胸豪情吐!
人生易老岁月流,
白驹过隙天做主。
蓦然回首年年过,
不叹光阴往前数!
寒冬过后春敲鼓,
阳光明媚驱恶腐。
笑看时世东风劲,
抖擞精神再迈步!

陶然亭

城南有园谓陶然,
碧水蓝天白云闲。
小荷争露尖尖角,
含情脉脉水生鲜。
丹青妙笔美图间,
绿荫掩映柳如烟。
小径漫坡幽处闲,
古来名亭荟聚全。
群贤毕至有遗篇,
佳话不绝口口传!
故人足迹可寻见?
近处云水远处山!

天坛行

云聚云散阴晴天,
风来风去瞬息间。
红黄蓝绿色彩鲜,
游人无几路宽宽。
松柏苍翠杨柳烟,
高墙斜影我行单!

天坛雨

昨来鼓乐敲窗夜,
人不寐,盼晨切。
树木滴翠檐下泪,
阴沉天,雨初歇。
天坛古园飞绿叶,
浥清晨,游人悦。
咖啡香美寻座歇,
好惬意,踏秋阶!

冬日北海

寒风凛冽呼啸来，
白塔巍巍坐天台。
冰封雪裹天地白，
亭台楼阁显风采。
廊上红灯高挂起，
白云缭绕团城派。
夕阳耀金一园晖，
漪澜堂里抒情怀！

往事微痕

前门大街

贯穿南北中轴线，
正阳门望天桥南。
人头攒动老字号，
民族品牌享不完。
古今多少世间事，
中外风情共笑谈。
暖意融融宾客往，
茶楼酒肆话当年。

中轴线

天桥静卧南中轴，
永定门望前门楼。
一条中线贯南北，
两侧名胜竞风流！
倘徉轴上思悠悠，
中国智慧傲心头。
申遗在即鼓声密，
华夏文明世界留！

往事微痕

曹霑故居

东城故地蒜市口，
曹家北迁居许久。
少年府上往日事，
红楼梦中寻依旧。
三进四合十七半，
一砖一瓦说不够！

春惜

春光无奈惜别快，
樱落缤纷不我待。
牡丹舒展大花裙，
月季跃跃欲登台。
龙爪槐撑新华盖，
柳絮漫天滚地白。
碧水一池浪千叠，
细雨微风入襟怀。
流水落花春将去，
惜春只得空徘徊。
人间万物皆有爱，
敢问苍天情何在？

秋夕

艳阳天，蝉鸣脆。
绿树连清波，
波上玉影碎。
楼台映，斜阳坠。
遛弯人成队，
小丘歌声醉。
好秋色，人不累。
晚来往家归，
好梦待君寐。

三里河

三里河清秋韵浓,
小桥流水海棠红。
残荷黄芦柳荫掩,
鱼翔浅底泉叮咚。
灿灿秋阳波光粼,
鸭鹅卧岸若呆萌。

古墙行

白云浪打古墙端，
一砖一瓦欲飘仙。
脚踏金带知何往，
青枝绿叶围腰间。
盛装打扮焕青春，
夏日圆舞步履欢！

名亭园

先师欧阳修，
山水胜美酒。
醉翁亭何在？
美景处处有！
姹紫嫣红现，
问君意足否？
心脾已醉透，
唯忆欧阳修！

往事微痕

老胡同

少小离开老大归,
门牌号改旧貌非。
左顾右盼似相识,
昔日房舍尽尘灰。
问声老友今安在?
童子一笑转头回。
欢声笑语聚一堆,
养老驿站敞心扉。
琴棋书画显身手,
任尔鹤发岁月催!

西堤

十里花岸西堤缠,
昆明湖水绿如蓝。
灼灼桃花情意绵,
长短亭立照春颜。

登景山

望北海，登景山，
京城南北
中轴一线牵。
观左右，东西边，
艳阳高照
好个三九天！
怀古情，油然间，
思宗魂断
松柏苍煤山！

龙潭公园

冥冥薄暮云穿纱,
几许日光羞答答。
龙吟阁前寻龙吟,
冰湖岸边有人家。
亭桥不知园中乐,
彩装热舞织春花!

龙潭中湖

清水微澜湖映天，
绰约倒影舞翩跹。
树绿草茵蒹葭苍，
红黄小花缀其间。

龙潭西湖

天下西湖知多少,
龙潭西湖忘不了。
不见经传少人晓,
栈道弯弯桥身小。
湖宽亭秀杨柳岸,
百姓喜爱遛晚早。

莲石湖

风疾浪涌荡清波,
枯叶荒草逐漫坡。
芦花甩头树弯腰,
不畏寒气游者多。
健身赏景兴犹高,
笑谈四季争相说。

青龙湖

避暑偶至青龙湖，
湿地清亮满荻芦。
青山逶迤走长龙，
莲叶田田水上浮。
清风徐来波浪起，
幽静小道暑热除。
不见经传水岸园，
山水自成美画图！

雨后

昨夜听雨坐窗台，
今晨雨后观云白。
街头梳洗处处清，
新装一袭好身材！
人生逆旅行天下，
云来雨去方成才！

大观园

假作真时真亦假,
秋来名园观残花。
多情公子空牵挂,
裙钗楼馆生蒹葭。
怀古绝句谁人猜,
秀水清风无云霞。
人间奇事知多少,
红楼一梦在贾家。

往事微痕

首钢园

艳阳高照莲湖平，
绿水青山望秋亭。
高炉高塔大明星，
祖国建设留英名！
昔日钢城今安在？
铮铮铁骨献柔情。
冬奥总部安营寨，
滑雪跳台奥运城！

植物园

一碧万顷艳阳天，
寒风吹皱浪花翻。
青山逶迤路蜿蜒，
黄叶村主梦可安？

颐和园

日照香阁紫烟升，
昆明湖上玉冰清。
古塔弯桥衔远山，
细柳长丝曳春风。
万里晴空六九天，
一蓝无余百媚生。

颐和园夕照

水波潋滟西山黛,
孔桥鎏金挽玉带。
寿山静穆宝塔威,
浪花飞溅游船快。
湖光山色相辉映,
夕照光影梦幻在!

玉渊樱花雨

飞沙走石四月天，
樱花播雨落玉渊。
风姿绰约领风骚，
柳绿桃红舞翩跹。

秋色赋

绿地悄悄染黄,
碧水缓缓泛浪。
秋来也,
人在江湖,
几多惆怅?
曲径弯弯缠绕,
花儿朵朵绽放。
秋深也,
大美神州,
收获正忙!

风又起

风又起,
天推浮云湖皱水。
柳丝长甩,
鸭惊呆,
鸟儿闭了嘴。
草成堆,
花躬腰身似相怼。
游园谁悔?
景色美,
遛弯未歇腿!

岸边行

依依岸边柳,
潇洒自抖擞。
月季姿容美,
雨后珠泪流。
石榴花似火,
点点绿衣绣。
巷尾小肆静,
又饮惬意酒!

往事微痕

回晋阳

人生孰能测短长，
总有思念挂肚肠。
世间万物皆有情，
半生最忆是晋阳。
双塔寺下爬格忙，
洛阳纸贵后生狂！
三晋大地任我走，
几多情洒入墨香！

秋水

人道秋日万般美，
我说最美是秋水。
平心静气情脉脉，
楼台亭榭镜中随。
清波荡漾漪涟涟，
鸭游自在不相追。
如梦似幻无穷变，
秋水长天云霞飞！

紫竹院

日照紫竹影自斜,
林深境幽有人家。
残荷依旧恋杨柳,
高塔短亭手相拉。
丝竹管弦声声切,
浓妆艳抹舞步踏。
一湖清水绿如蓝,
秋叶红于二月花!

通惠河

河畔楼高欲比天，
独行无忌步履闲。
清水缓缓细浪翻，
小径弯弯花正鲜。
相望相闻人不识，
桥架两岸手相牵。
京杭一河贯南北，
古往今来佳话传！

园博园

中外美景一幅图,
各领风骚特色足。
久闻其名初次游,
纵观其容实不俗。
徜徉园中目不暇,
不虚此行饱眼福。

巴沟山水园

巴沟山水园中园，
五彩缤纷大花篮。
郁金香美亭亭立，
桃花抹红绿柳前。
玉带桥静情脉脉，
一泓碧水漪涟涟。
不见经传坐道边，
观景不逊名家园！

翠湖曲

风起翠湖浪花里，
杨柳摇曳重逢礼。
长相依，
丝垂清水底。
深情寄，
簇樱满春枝。

庆丰公园

庆丰静谧人影稀，
柳绿花红似春期。
曲径栈道通幽去，
黄叶铺地报秋息。
美音必属萨克斯，
一片蛙声枉高低。

Part 5

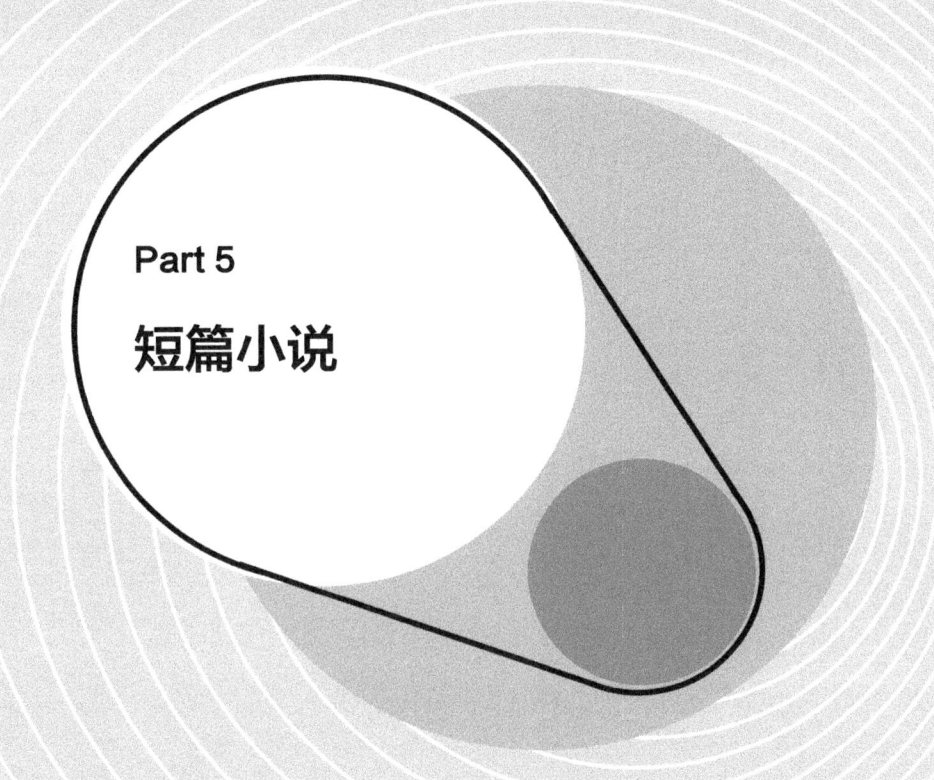

短篇小说

乔迁之后

这几天，方华家的喜事一桩接着一桩。一则，她十二岁的独生儿子闹闹考上了理想的中学；二则，丈夫即将出国考察；三则，她搬进了新居。当然，在这些喜事中，最使方华兴奋的还得数第三桩，用方华自己的话说，叫作有了一块属于她和丈夫、儿子的"小天地"，而她又是这块小天地里的女主人。

方华这个人，平素最喜欢整齐干净，衣服、床单、沙发巾什么的，稍微脏一点，赶紧就得洗。每天早晨起床后，必须拖一次地板，在以往同别人家合住一个单元房的十余年间，邻居因嫌她用水大手大脚而多次从正面或侧面"敲打"过她，她却不予理睬。无奈，邻居的季嫂在共用的厨房水龙头边贴了一张白纸，用一次水登记一次，每月底按用水次数算水费。方华看见那张纸，气呼呼地说："既然用得起水，就掏得起钱。这水费，我包了！"唉，就为用水，她和本来和睦相处的邻居成了冤家。今天，她拧开水龙头，任那如注的清水流啊流，仿佛只有这样，才能吐出多年郁积在胸的闷气。

丈夫在机关做出国前的最后准备，闹闹去上学了，方华呢，在细细打扮着新居。嘀，瞧那乳白色的窗帘，为贴着浅蓝色塑料壁纸的房间平添了多少秀色和雅气！那宽敞的阳台要是摆满盛开的鲜花，该是何等宜人！她的心醉了！她信手按动收录机键盘，悠扬的探戈舞曲的美妙旋律，荡漾开去。

"嘭嘭！"有人敲门。

"请进！"这两个字，她说得十分自豪。

"嘭嘭！"还在敲。

"哪一位？"方华边问边去开门。

"她方姨住这吗？"来人隔门问，是个女人的声音。

门开了，方华怔住了。来者竟是自己的冤家——合住单元房时的邻居季嫂。季嫂比方华大三岁，是菜店的售货员。她爱人是房修工人，在一次施工中受伤去世。季嫂带着未成年的女儿小青，过着清苦的日子。

"她方姨，真不知你们搬家，我费了好大劲儿才打听到你的住址。"季嫂寻踪觅迹地好不容易找到她的家，方华感动了。她把季嫂让进客厅，季嫂却没坐，连忙从网兜里掏出一个鼓鼓囊囊的塑料袋，还有一个广口瓶，放到茶几上："这是闹闹最爱吃的软窝窝，还有蜂蜜，是小青她舅昨天从延庆捎来的。小青闹着，非让我给闹闹送来不可。"

说起季嫂对闹闹的感情，那可非同一般。那年方华的丈夫出差，她挺着大肚子上街置办年货，不料跌了一跤，到半夜两点多钟，肚子一阵比一阵疼。她料到孩子要提前降生，可身边连一个亲人都没有。她只得用力拍墙壁，惊醒了季嫂。季嫂顾不上别的，半夜三更来回跑了几里地，把方华送进医院。全凭季嫂配合医生跑前跑后，忙上忙下，才使方华母子平安。本来，这段不同寻常的经历，使两家亲如一家，只是因方华好用水，两家才成了冤家。这次搬家，方华赌气，给了季嫂一个"不辞而别"，想从此一搬了事，可万万没想到，季嫂主动登门看望，还带来了小青给闹闹的一封信。方华连忙打开看。信是这样写的：

闹闹小弟：

　　你好！你搬家怎么没告诉我？希望你今后别忘了我们家。有空来我家玩。我也去看你和方姨。

　　再见！

姐姐小青

方华的心颤抖了。她意识到自己心胸太狭隘，竟觉得自己比季嫂矮了半截。她一把搂住季嫂，伏在她肩上，呜呜地哭开了。

季嫂的眼圈儿也红了，她抚摸着方华的肩膀，哽咽着说："她方姨，我也对不住你，我不该贴那白纸，那明明是在难为你，可当时，小青她爸去世，我……"

晚霞染红了半边天，给方华的新居抹上了一层柔和的橘红色。方华留季嫂吃晚饭，季嫂说："今天不吃了，小青快放学了。抽空带闹闹来我家玩。今后的日子长着呢。"

方华把季嫂送下楼，目送她走远了。

（原载 1985 年 4 月 24 日《北京日报》）

列车就要到达终点

　　列车开车前十分钟,李沐雨快步登上了第三节硬卧车厢。

　　车厢里闷热,加之上车前走得急,李沐雨此时已经汗流浃背了。他站在行李架下,用毛巾使劲地擦汗,点燃一支香烟,深深地吸了两口。

　　李沐雨觉得凉爽多了。他看看手表,离开车时间还有六分钟。

　　李沐雨是昨天午饭后才接到外出采访任务的。部主任要求他务必于明天早上八时前赶到安城钢铁厂,参加省经委在这个厂召开的提高经济效益座谈会。按理说,他应该乘坐今天早晨六时三十八分由省城始发的997次直快列车。因为从省城到安城,是九个小时的火车路程,他今天早上走,下午四点多钟便可到达,不贪黑,不起早,最便当不过。有人说,现在旅客流量大,车票难买,担心他弄不到今天早上997次的车票,但这恰恰难不住李沐雨。他在省日报社工业部当编辑,铁路运输方面的宣传报道,正是他分工负责的,他在省铁路系统熟人不少。今年年初,他还专门采访过铁路分局客运段的模范车组——997次车队第二包乘组。从车队队长到列车长,以至每个列车员,他都认识。请他们当中的任何一个人帮忙买张车票,都是易如反掌的事,即使不事先买票,上车临时补票,也不成问题。

　　然而,李沐雨却没有急着去使用自己的这点"特权"。他走到电话机旁,犹豫了一下,接着拨通了电话。

　　"喂,请问是997次车队吗?"李沐雨问。

　　"是,您找谁?"李沐雨听得真切,接电话的人是997次车队队长老王。他同老王打过多次交道,彼此很熟。但此时,他生怕对方听出自己的声音,便用家乡口音同老王讲话。

"我是乘车的旅客，我想打听一下，明天早上997次车是哪个包乘组当班，我有事要找他们。"

"明天是第二包乘组。您找哪一位？"老王语气温和地问。

李沐雨一听是第二包乘组，连忙说："好，谢谢！"随即放下电话。不用问了，第二包乘组的列车长是曹薇，他采访过的那位模范车长！正是这位能干、年轻、漂亮、品德高尚的女车长，正在使他熬心。

本来，那次采访结束后，稿子也在报上发表了，事情就算告一段落。可没想到，陪同李沐雨采访的客运段办公室副主任黄云大姐，主动提出给他和曹薇当红娘。李沐雨感到很意外。他是省报记者，怎么能利用采访之机找女朋友？可转念一想，采访工作已经圆满结束，而且事情是黄云大姐提出的，又不是自己打着采访的招牌跑到客运段找女朋友的，也就表示愿意先同曹薇交个朋友。可是谁料时过月余，未见曹薇动静，几乎与此同时，黄云大姐却在执行援外任务时发生了意外。

经过一番思索，李沐雨决定不乘997次，而改乘今晚七时五十九分由省城始发的676次直快客车。

近几个月来，和曹薇的事毫无进展，他只是苦苦等待。他这个一向是"乐天派"的小伙子郁郁不乐了。有时他一个人愣神，不解曹薇对他为什么爱搭不理。愿意就说愿意，不愿意就说不愿意，都是老大不小的人了，还那么忸怩干什么？你在工作中那么泼辣能干，难道在对待个人生活问题上就这么优柔寡断？要想想，这不是你一个人的问题，还有另一个人在苦恼！不要别的，只要你一句话。有人说，谈恋爱，男方应主动，因为女方由于害羞，即使心里愿意，也不好意思开口。就算这话有道理，可也不能连一个字都不回呀。近一个时期，李沐雨不仅对曹薇，就连对客运段的人，都开始尽量避免接触。他决定谁也不求，自己到售票处去买票。

他很顺利地买到了车票。走出售票处的时候，正是傍晚时分。落日把彩色的余晖，尽情地泼洒在城市的上空，泼洒在火车站候车大楼的墙壁上，泼洒在站前宽阔的广场上。站在广场上，他遐思悠悠，心旷神怡。他又看见了

193

广场上的那一排华灯，亭亭玉立，米黄色的灯杆，那白芙蓉花蕾式的灯罩，仿佛在向人们点头，又似在对人们招手。他记得，他曾经在一盏华灯下为曹薇和她的同伴们拍照……

也许是触景生情吧，李沐雨想起了今年年初，在997次车队第二包乘组荣获铁道部授予的"全国红旗列车包乘组"光荣称号以后，报社派他前去采访。他随车采访的当晚，曹薇安排他在列车员休息车上休息，可硬座车厢一位患高血压症的患者因买不到卧铺票，拿着医生开的证明来找曹薇。当时实在连一个卧铺也没有了，曹薇便把原来安排李沐雨休息的卧铺给了那位旅客，把自己的铺位让给李沐雨休息。伴着铿锵而富有节奏的车轮声，李沐雨昏昏然进入了梦乡。夜半时分，他忽然感到有人在推他，朦胧中，他听到有人在轻声呼唤："曹车长！曹车长！"李沐雨转过身来，暗淡的灯光下，站着一位年轻的女列车员，她神情紧张，看清铺上的李沐雨，脸唰地红了，连忙解释说："我还以为是曹车长呢。对不起，打扰了，您请休息。"说完，那女列车员匆匆向车厢另一头走去。

原来，当997次列车行驶于李家寨至界河口站之间时，11号硬座车厢里，有一位年轻姑娘突然跳车自杀。她身子大半截已探出车窗外。由于车窗洞开，风把一位中年旅客吹醒，发现了正从车窗向外滑动的双腿，赶紧跃过去双手抱住，把跳车的女青年拽了回来。当时的时间是凌晨两点半。人们从昏睡中醒来，揉着惺忪的睡眼，围住这寻短见的姑娘问长问短。那姑娘头发蓬乱，双手使劲地捂住脸，咬紧牙关，一句话也不说。女列车员小尹搀扶着那姑娘跌跌撞撞地进了一间乘务员室。小尹和值班的李副车长问她话，她仍旧什么也不说，只是失声痛哭。李副车长决定让小尹去请曹薇。

列车员小尹终于在行李车上找到了车长曹薇，听完小尹的报告，她立即跟小尹去看望那寻短见的姑娘。她没有马上开口问话，只是用一条温水湿过的毛巾，帮姑娘擦去脸上的泪水。啊，这原是一副多么俊俏的面孔！

"同志，你叫什么名字？"曹薇拉着姑娘的手问。

小尹说："这是我们车长，有什么话你就说吧。有难处，我们帮你。"

一阵抽泣之后，姑娘终于吐露了苦衷。

她叫肖兰花，今年二十三岁，是韩峪煤矿的过磅员。韩峪煤矿地处吕梁山深处。这里山高石头多，出门就爬坡。煤矿建在一个大山梁上，经过多年的开采，山是黑的，仅有的树是黑的，连韩水河水也是黑的。说来也怪，这深山老矿区，却生出许多漂亮姑娘。肖兰花就生在这"美女之乡"，爱她的小伙子少说有一二十个，可她一个也不喜欢。她的目标是在大城市里找一个对象，然后远离这深山矿区。这样的机会还真的来到了。一日，一个风度翩翩的青年来到矿区，说是来买煤的。他在矿销售科办理手续时，恰与在销售科闲串的肖兰花相遇。姑娘的美貌吸引住了小伙子的目光，小伙子的洒脱风度，也引来了姑娘的青睐。小伙子出门时，故意将一张五元人民币掉到地上，肖兰花连忙拾起追出门外。不出三句话，两人一见如故。小伙子说自己是省电视艺术中心的副导演，他觉得肖兰花有演员气质，可以在未来的电视剧中扮演角色。肖兰花自知好运到来，便与小伙子相约日后到省城会面。肖兰花不听父母劝阻，执意来到省城，"投奔"那位副导演。他们相见了。但他既不谈拍片，也不谈艺术，而是把她引到一个郊区小院里，和几个"哥们"将她轮奸了。肖兰花悔恨交加，痛不欲生。夜晚趁几个歹徒昏然入睡后，她逃出了虎穴狼窝。她觉得再无颜见父母，想到那些当初向她求爱的小伙子们也会幸灾乐祸，于是，她想一死了之……

　　小尹的眼圈红了，曹薇面孔冷峻，竭力遏制住自己的悲愤，过了好半天，才用温和的语气说："兰花妹妹，心放宽些，不能这么糊里糊涂地死。那些坏蛋，逃不出人民的法网！"后边这句话，曹薇说得特别有力，像在对着大家演讲似的。她转过身对小尹说："先带兰花同志去休息，要照顾好她。我过一会儿就去。"小尹为难地说："车长，没有空铺位了。""睡我的。""您的不是让给李记者了吗？"

　　"我睡好了。"大家回头一看，李沐雨正站在门口，"刚才的事我都知道了，你们的对话我全听到了。小尹同志，快带兰花去休息。"

　　曹薇紧锁的双眉舒展了，长长的睫毛下，两颗美丽的眸子放出了光亮。

　　小尹和副车长护送着肖兰花走后，小小的乘务员室里，只留下李沐雨和曹薇。曹薇倒了两杯热水，一杯送到李沐雨面前，一杯留给自己。她的胸脯剧烈地起伏着。

曹薇怒气未消地说:"李记者,你说为什么坏人敢这样横行?为什么不能把他们都杀光?"李沐雨点燃一支香烟:"政法机关是不会饶恕这些害群之马的!"曹薇气得全身发抖:"你这个当记者的,应该替受害的姑娘们呼吁呼吁,严惩这些坏蛋,替人们出出气!"说完,她意识到用这样的口气对面前的记者说话不太礼貌,便把话题一转:"看看我们这车上,条件不好,半夜三更的,叫您没法休息。"李沐雨说:"曹车长,请别客气,我是来工作的,不是让你们照顾的。"曹薇站起来,戴上车长大檐帽,整整风纪扣,朝李沐雨点点头:"李记者,实在抱歉,只好请您在这里委屈一下了。您休息吧。"说完,走出门外,轻轻把门关上。

李沐雨看得真切,就在曹薇向他点头的那一瞬间,她的眼里满溢着泪水。是的,肖兰花的遭遇悲惨,十分令人同情,但这件事在曹薇心上引起如此大的反响,是李沐雨始料不及的,也不太能理解。

李沐雨抬腕看看表,三点四十分。夏季夜短,再有一个多小时,天就亮了。他一个人在乘务员室里待不住,决定再去看看那位姑娘。当他穿过几节车厢,来到他曾经休息过的铺位边上时,看见列车员小尹守在旁边,曹薇坐在行李架下的小凳上,眼睛睁得大大的,望着睡熟的姑娘。见李沐雨来了,她连忙站起来,迎过去说:"李记者,您怎么不休息?这儿有我们。"李沐雨生怕惊醒那姑娘,小声说:"没事,我不困。"曹薇让李沐雨坐下:"那就让我们一起熬夜吧。"

这一夜对李沐雨来说,是难忘的一夜,不同寻常的一夜。

车外的灯光忽闪着,变幻着。电线杆、建筑物的影子不时投进车厢,又倏地离去。李沐雨看看手表,顺手拉严了窗帘。上次那轻生姑娘的事、曹薇的身影,又浮现眼前……

列车员送水来了。就在李沐雨递上茶杯的同时,对面铺的一位俊俏姑娘也递过茶杯。咦,有点面熟,似乎在哪里见过。他皱起双眉,努力在记忆中搜寻。噢,她是肖兰花!那位想跳车自杀的姑娘。太巧了,又在火车上相逢!

"同志，你是肖——"李沐雨小心地问。

姑娘睁大了好看的眼睛："您是——"

"我是省日报社的，我姓李。那次在火车上……你忘了？"

姑娘咯咯地笑了："您是省日报社的李记者，对吗？"

"是，我叫李沐雨。"

"不过，我可不是肖兰花。"姑娘突然收敛了笑容。

李沐雨脸红了。

姑娘见状，又咯咯地笑起来："我叫肖兰玉，肖兰花是俺姐。"那天，肖兰花披头散发，哭个不停，李沐雨并未看清她的面孔，但毕竟留下了深刻印象。肖兰玉长相酷似姐姐肖兰花，所以李沐雨一时分辨不清。

肖兰玉说："我多次听俺姐说起您。她说，'那次在火车上，省报社的李记者把卧铺让给我休息，自己不休息，和曹车长、小尹她们守护我。'俺姐醒来时，您已下车了，对吧？俺姐说，什么时候见到您，一定要好好感谢。想不到，今天咱们在车上碰见了，我代表俺姐和俺全家，向李记者表示感谢！"说完，肖兰玉站了起来。

李沐雨不好意思起来："谢什么，这点小事不足挂齿，你快请坐。你姐姐好吗？"

肖兰玉说："挺好的。这阵子，俺姐在矿文化室当干部。她把自己受骗受害的遭遇编成戏，在矿上演了后，大家可受教育了！"

"噢。"

"对了，俺姐也快结婚了，她的对象是矿工会干部。他同情姐姐的遭遇，不嫌弃俺姐，俺姐也非常爱他。欢迎您来参加俺姐的婚礼！"

"一定来。"

李沐雨心情激动。他没想到，那个在半年前惨遭蹂躏、痛不欲生的姑娘，如今变得这样坚强、自信。

肖兰玉问："李记者，曹车长还当车长吗？"

"还当。"

"你们都在省城工作，能常见面吧？"

李沐雨有点窘，思忖片刻说："有时能碰上。"

肖兰玉不知李沐雨的心情，重复着说："李记者，见到曹车长，一定代俺们好好感谢她，别忘了。"说完便上铺休息去了。

时间尚早，还不到睡觉时间。李沐雨从手提包中拿出那本新书《大趋势——改变我们生活的十个新方向》，聚精会神地读起来。

列车在暗夜中穿行，车轮和铁轨铿锵的碰撞声显得更有力、更富节奏感、更为响亮。

列车员再次前来打扫。茶几上的杂物收走了、地板拖净了、窗帘放下了，连旅客们的鞋子也都给摆正了。列车广播室又响起了女播音员甜美的声音，不过比刚开车时低柔多了："旅客同志们，您辛勤工作学习了一天，现在请休息。为了保证大家休息好，列车广播室从现在开始停止播音，明天早上六点再见。"

接着，又有一个声音传来，是一个女中音，圆润悦耳，不是从广播中传来，而是从车厢的一头："旅客同志们，请上铺休息。有晕车的旅客，列车员为您准备了晕车宁，有需要手纸的，一毛五一卷。夜间下车的旅客，请安心休息，到站前列车员会提前叫您，帮您把行李送下车厢。旅客同志们，晚安！"

这声音好耳熟啊！李沐雨回头一看，嘀！竟是她——曹薇！她怎么会在这次车上？他不敢相信自己的眼睛，又回头看。

她微笑着走过来了，两颗美丽的眸子闪着亮光，右手托着一个托盘，上边摆着手纸什么的，左臂上佩戴着列车长臂章。嘀，她走过来了，朝着李沐雨走来了。他想躲闪已经来不及，连忙实行鸵鸟政策——顾头不顾尾，把头深深地埋在那本《大趋势——改变我们生活的十个新方向》里。他看见她的双脚从自己的脚边走过去了。当他重新抬起头时，只能看到曹薇的背影了。车厢一端的门打开了，又关上了，曹薇俏丽的身影和齐肩的秀发一闪便消失了。

李沐雨心中怅然。他这半年中时刻希望同她见面，可近在咫尺时却又要竭力回避，这太令人难堪了。他此次外出采访，决然改乘此次列车，就是为了避开她，可她偏偏就在这次列车上担任列车长，此刻竟从自己的身边擦肩而过。

　　李沐雨木然地坐着，陷入迷茫之中。不过很快，他就使自己的心绪平静下来。三十岁的男子汉，一个新闻记者，他有自制能力。他把《大趋势——改变我们生活的十个新趋向》打开着贴到胸前，想以此压住自己的心跳，但他还是觉得有一股涟漪在荡漾、在扩展、在撞击。半年前，他乘坐由她当车长的列车，他和她完完全全是工作关系；此次的不期而遇，他却有了异样的感觉。虽然这种感觉也许只是他一厢情愿，但无论怎么说，他平生第一次有了这样的感觉——和自己所爱的人，共同远行。像那许许多多文艺作品中描写的那样，年轻的恋人结伴而行，只觉得眼前都是爱、都是情、都是美、都是花……

　　"应该珍惜这难得的机会，同她接近，倾吐心中的话语。即使谈不深，约一个下次在省城见面的时间也好。"他盘算着，鼓励自己。

　　女列车员走来了，他像盼来了援兵似的，小声问："列车员同志，刚才过去的是曹车长吗？"

　　"是啊！您有事找车长吗？"

　　"不不，没事。我是说，她原来一直在你们车组吗？"

　　"不，人家是997次二组的，全段出名的模范车长。她的事迹上过省报。我们车组是老落后，段领导派她来带一带。"女列车员背台词似的介绍说。

　　"噢——"李沐雨深深地舒了一口气，"她是什么时候跟你们跑车的？"他接着问。

　　"调来半个月了，一来就上车。怎么？您认识她？"女列车员疑惑地问。

　　"不不不，我也是听说，对，是看报知道的。"李沐雨的舌头有点不听指挥了，女列车员眨眨眼睛，轻手轻脚地走了。

　　"下决心，找她谈谈！"李沐雨自己鼓励自己，但转念一想，人家此时正在上班，怎么好去打搅她？再说，如果黄云大姐跟她提起自己后，人家根本不愿意同自己交朋友，而自己却利用工作时间上赶着献殷勤，岂不令人讨厌？算了，还是不找为好。他生怕曹薇再过来，赶紧爬上卧铺，头朝车里，侧身向壁而卧。

但越是努力克制，越是克制不住，李沐雨老想去找曹薇。经济工作中常讲"失控"，这也是一种"失控"吗？唉，烦恼都是那次采访带来的。

那次采访结束后，李沐雨写了一篇题为《在崇高的事业中》的长篇通讯，还配了两幅照片和一篇本报评论员文章，在省报一版头条位置发表了。见报的当天早上，省广播电台在"新闻和报纸摘要"节目中详细摘播了。李沐雨的文笔本来就十分漂亮，加上播音员富有感情色彩的语调，更给通讯增添了感人的力量。

李沐雨的报道获得了成功，曹薇和她的包乘组一时名声大噪！

隔了几天，黄云来报社找李沐雨，代表客运段党委向报社表示感谢。在送黄云回去的路上，黄云突然问："小李，你觉得曹薇这人怎么样？"

"好同志，了不起，铁路线上多几个曹薇，服务质量会大大提高。"李沐雨不假思索地回答。

黄云扑哧一声笑了："谁问你这个了，我是说，你愿不愿意和她交个朋友？"

"怎么，曹薇还没……"李沐雨惊异地问。

"这有什么奇怪。这姑娘，一心干工作，二十八了，还没找男朋友。"

黄云这几句话，说得他心里一阵热。

李沐雨从事新闻工作七年了，采访过的人物少说也有几十个，女性占了一半多。平心而论，在这众多的采访对象中，特别是女性中，要数曹薇留给他的印象最深。一来，曹薇在平凡的岗位上作出了不平凡的贡献，精神十分感人；二来，曹薇人长得漂亮。哪个小伙子找媳妇不想找个漂亮的？过去他常听人们说，在女孩子身上，漂亮和事业不能同时存在。漂亮和事业是一对天敌。漂亮的女孩往往把精力花费在梳洗打扮、炫耀姿色上，并以此为本钱，不愁嫁个好丈夫，因而少思学业、缺乏进取心，在事业上有所追求、有成就的极少。据说，漂亮姑娘很难考取大学，名牌大学就更难了。

而这个曹薇却不然。说漂亮，她百里挑一；说能干，她在同龄女孩子中少见。"文革"使她失去了上大学深造的机会，但她在工作之余，不误跑车，竟然读完了文科大学的全部课程，连外语都不少一个单词，取得了大学本科文凭。客运段党委决定调她去做宣传工作，但她不愿意离开车组，坚持跑车。总之，他觉得，曹薇堪称漂亮和事业的和谐统一，他佩服她。至于得到她的爱情，他原先没想过。他以为她早有了对象，说不定早结婚了。反正，他没想过。作为党报的记者，道德和纪律也不允许他借采访之机做这种打算。但是，此时黄云大姐一提，却使他动心了。

可他怎么也没想到，这事一等就是半年。

那次，在省公墓举行的黄云追悼大会上，李沐雨碰到了曹薇。她排在列车员的队伍中，胸前戴着白花，眼圈红红的，泪痕满腮。大厅里气氛肃穆，回荡着哀乐的旋律。人们依次在黄云的遗像前鞠躬、默哀。曹薇也看见了李沐雨，两人目光相对，但只是一瞬间便移开了。他们无法交谈。追悼会后，李沐雨看见曹薇和列车员们鱼贯上了汽车。他看见她从车窗里向外找他、看他，眼圈仍旧红着。他以为，曹薇会很快同他联系，但又是几个月过去了，依旧没有任何消息……

李沐雨头枕双手，仰面躺着，难以成眠。车厢里灯光幽暗，异常安静。鼾声不时从车厢各处传来。对面铺上，肖兰玉面朝墙壁，睡得正香。长长的黑发流苏般从铺边垂下来，轻轻地飘动。李沐雨想起了肖兰花，想起了那一夜，想起了他和曹薇在那间乘务员室，还有他们共同守护肖兰花时的情景。是的，他从心里喜欢曹薇了，半年来，他时刻希望见到她。而今天，又是在奔驰的列车上，他见到了她。那次是为工作，他神态潇洒自如；而此次，在他和她之间罩上了一层柔曼的轻纱，他觉得难堪，特别是在这列车上、在她的岗位上，他怎么开口把话说清？她会不会觉得工作时间谈个人问题庸俗无聊？他本来不想跟她讲话，但显然她也已经发现了自己。

"同志，对不起，打扰一下。请问，您是省日报社的李记者吗？"问话人的声音很低。李沐雨扭头一看，是一位女列车员。

"我是李沐雨，您……"

"有封信，车长让我给您。"

"谢谢！"李沐雨边接信边坐起来。

这是一个素白信封，上首是一行隽秀的小字：三车厢中铺19号。中间是

往事微痕

几个大字：李沐雨同志亲收。下首落款处：曹托。信很厚，沉甸甸的。封口处湿乎乎的，还散发着糨糊香味，显然封住的时间不长。他知道，这是曹薇的信。

李沐雨激动得手都有些颤抖了。他从外衣口袋中取出折叠式小剪刀，剪开封口，发现除了信瓤，还有一封信，也是素白信封，不过比外边这个小一些。收信人处写着：本市省日报社工业部转李沐雨同志收。下方寄信人处写着：省铁路分局客运段曹薇。显然，这是一封写完后未能及时寄出的信。不用说，这也是曹薇写给他的。

车厢里光线不好，李沐雨便伸手到脚底，从他那手提包中找出手电筒。为了不影响别的旅客休息，他用毛毯遮挡着手电筒光，趴在床头上看对他至为宝贵的信。

信是这样写的：

李沐雨同志：

您好！很长时间没见了，想您的工作一定很忙。干你们这行工作也真够辛苦的了。

您是不是不愿意见到我？您觉得我这个人太不够意思是吗？不然您干吗把头埋在书本里？刚才您还向一个列车员问过我，是吗？我在列车上巡视的时候，发现您在车上。您的手提包也告诉我它的主人是您。提包一侧的蓝色墨水痕迹，不是那次您来我们车组采访时留下的吗？当时，您的钢笔没水了，我给您送来了墨水。您吸完墨水，忙着和我们说话，把墨水瓶碰倒，墨水洒了满桌，也溅到您的黄帆布提包上了。我帮您擦，您连说没事，我这个包什么都不怕。这些，您还记得吗？也许您忘记了。您是大记者，贵人多忘事吧。

您也许根本没想到我在这趟车上。我调到这个包乘组刚刚半个月。

我们相识半年了。自从黄云大姐向我提起和您的事后，我曾多次拿起电话听筒，想给您打电话。可又都把电话放下了。有几次路过你们报社大门口，想进去找您，但又却步了。

您一定会怪我。您怎么怪都可以。确实是我不好。我本来应该及早向您表示自己的态度，可我有我的难处。我越是觉得您是好同志，越鼓不起勇气向您表示。您觉得我很高傲吗？您觉得我思维逻辑混乱吗？不，都不是。我们毕竟是因为工作关系才相识的，应该说彼此间尚不十分了解。我有我的苦衷，我不愿意因为我给您带来痛苦和烦恼。所以，我曾想回一封信婉言拒绝您。但又觉得这太残酷、太伤您的心。所以，事情就拖了下来。今天我们在车上再度相见。思想斗争了半天，决定还是把一切都告诉您，我别无他求，只希望您把一切都弄明白，别再因为我而影响您自己。

我要告诉您的，都在另一封信上。那是四个多月前写的，一直没寄出去，却总带在身上。今天，下决心给您看。写得很乱，请原谅。

曹薇
即日晚于车上

您在旅途中有什么需要我们帮助解决的问题和困难，请随时提出。千万别客气。又及。

像一石击水，李沐雨的心再也不能平静。他顾不得细细咀嚼，连忙拆开那封"信中信"：

沐雨同志：

您好！首先请允许我代表我们车组全体同志，向您表示衷心的感谢！您的报道对我们是很大的鼓舞和鞭策。盛名之下，其实难副，深感受之有愧。不过，请您放心，我们不会躺在锦旗下睡大觉，我们要把工作搞得更好，争取更大的成绩。

沐雨同志，从您那次采访到现在，过去两个多月了，时间过得真快。在紧张的跑车之余，我多次想找您聊聊，向您学习更多的知识。黄云大姐热情地为我们搭鹊桥，我非常感动，非常感谢。我快三十岁的人了，何尝不想找一位理想的爱人。

我不会忘记，黄云大姐兴致勃勃地向我介绍您的品格、您的才干、您的为人,并说人家小伙子已明确表态很喜欢你,愿意和你交朋友,让我尽快把想法告诉她,再转告您。我听了激动极了(原谅我没别的词儿,只得再用一次激动)。我本想当时就把想法告诉她,可是我犹豫了。为这事,我深夜在被窝里流了好几次泪。沐雨同志,请相信,我有着同您一样的想法,愿意发展我们的关系。可我迟迟未明确表态,是有难言之苦。

唉,真不想提这些。如果我是个不诚实的人,这些情况我完全可以隐瞒下去。但是,既然我们之间互相爱慕,那我就应该毫无保留地把个人的一切都告诉您。您知道了这些情况,即使改变了态度,我也不会怪您。

您还记得我们那次在车上救起的那个跳车自杀的姑娘吧?多好的姑娘啊!可邪恶险些夺走她年轻的生命。您大概万万不会料到,也绝不会相信,我有着和她相同的遭遇。这是真的。那是1975年的秋天,"反击右倾翻案风"的狂澜又一次席卷大地。爸爸被造反派戴上了"右倾翻案急先锋"的帽子再次被批斗、被打,因脑出血去世。妈妈当时在学院当语文老师。革委会的头头说我妈是"回潮"典型,关在学校一间仓库里不让回家。我急坏了,几次找院革委会头头,要求见我妈。可他们就是不让见。舅舅因为受爸妈连累,处境也不好,心情很苦闷。一天,舅舅来找我,说可以去接妈妈回家了。我随着舅舅来到院革委会,没见到妈妈,见到的却是一个姓谢的副主任。舅舅说,现在院里是谢主任掌大权,什么事都是他说了算,让我认他为干哥哥。沐雨同志,您能想象得到吗?舅舅为了讨好那伙造反派,竟然欺骗我,让那姓谢的恶棍糟蹋了我。那时,我才十九岁啊!后来我才知道,妈妈被他们关押的第三天就死去了。当时我也不想活了,几次想自杀。多亏"四人帮"被粉碎,我才活了下来。可是,心灵上、肉体上这无法弥补和医治的创伤,时时绞割着我的心。

沐雨同志,生活的实践使我越来越深刻地认识到,人与人之间,最需要的是真诚。但做到和睦相处容易,肝胆相照、以诚相待就难。可我绝不做虚伪之人,更不以虚待人。我真爱上一个人,就会把一切向他和盘托出！多年来，不少男子追求过我，信誓旦旦，表达爱情。他们追逐我、纠缠我，用动听的语言讨好我，用物质吸引我……这些人中有的应该说各方面都不错，但他们其实只爱我的外表，这样的人，我不能爱。古诗云："以色事他人，能得几时好。"我绝不以自己的姿色去讨男人的喜欢，也不会让仅仅喜爱我姿色的男人来讨我的喜欢。这就是我的爱情观。

出于对您的真诚信赖，我多年来第一次向一个男人公开了个人隐私。从我们的相互接触中，从黄云大姐的介绍中，当然也从报社有关同志的介绍中，我是对您有些了解后才决心这样做的。相信您会理解我这样做的目的。请您在了解到这些情况后，再下决心是否发展我们的关系。如您认为我已失过身，因而不愿意了，没关系，我能理解和原谅，也不会生气。只是请您千万不要对别人，哪怕是最亲近的人提起这些。

我说过，孤身一人，个人生活可能苦一些，但我一点不觉得空虚，跑起车来，为那么多旅客服务，工作永远做不完，精神上很充实。

太啰嗦了。耽误您的宝贵时间了。

有可能，切盼您的回复。

此致

敬礼！

曹薇
二月二日

不知什么时候，泪水模糊了李沐雨的双眼。他心里乱极了。他好像看见曹薇就站在自己的面前，面孔严峻，等待自己的回答。

列车在田野上奔驶，车轮在歌唱。李沐雨撩开窗帘的一角，透过那满是水珠的玻璃，他看见东方天际已泛出鱼肚白，启明星在晨光熹微中眨着眼。他轻轻地下了床，拉开手提包，取出一叠信纸。他的笔飞快滑动，满腔激情像不可遏止的洪流冲破闸门般奔泻着。半年的等待，此时到了尽头，漫天的阴霾，此刻烟消云散。呵，天空这样晴朗，道路这样宽广，生活多么美好！

倾诉吧,向着自己的恋人!满腹的话语,淤塞半年了。是啊,十年内乱,在她身上和心上都留下了疤痕。可她是无辜的。她的心灵是美的,像她的外表一样美。不,比外表更美。他甚至对她有些嗔怪起来——难道我会像那些世俗小人一样卑琐吗?我会在得知真相后就蔑视她、远离她吗?如果我真那样庸俗,就不值得她爱,也不配爱她。

　　他拉起车窗,将头探出窗外,向前方张望。晨风吹乱了他的头发。他知道,再过一个多小时,列车就要到达终点了。那时,他将亲手把这封信交给她……

(原载《啄木鸟》1986年第5期)

图书在版编目（CIP）数据

往事微痕：一个法治媒体老兵的闲墨絮语 / 陈应革著. -- 北京：中国法治出版社, 2025.3. -- ISBN 978-7-5216-5046-4

Ⅰ. I217.2

中国国家版本馆 CIP 数据核字第 20254M6Z56 号

策划编辑：赵　宏
责任编辑：王　悦　　　　　　　　　　　　　封面设计：李　宁

往事微痕：一个法治媒体老兵的闲墨絮语
WANGSHI WEIHEN: YI GE FAZHI MEITI LAOBING DE XIANMO XUYU

著者 / 陈应革
经销 / 新华书店
印刷 / 北京虎彩文化传播有限公司
开本 / 710 毫米 × 1000 毫米　16 开　　　　印张 / 13.75　字数 / 203 千
版次 / 2025 年 3 月第 1 版　　　　　　　　2025 年 3 月第 1 次印刷

中国法治出版社出版
书号 ISBN 978-7-5216-5046-4　　　　　　　　　　　　　　定价：59.80 元

北京市西城区西便门西里甲 16 号西便门办公区
邮政编码：100053　　　　　　　　　　　　　传真：010-63141600
网址：http://www.zgfzs.com　　　　　　　　编辑部电话：010-63141831
市场营销部电话：010-63141612　　　　　　印务部电话：010-63141606
（如有印装质量问题，请与本社印务部联系。）